RYU NOVELS

合衆国本土血戦②

米国の黄昏

吉田親司

CONTENTS

プロローグ　アメリカ・イン・フレームス……5
第一章　ニューヨーク沖海戦……16
第二章　大西洋艦隊の落日……52
第三章　最後の講和工作……80
第四章　バーニング・アトランティック……119
第五章　皇軍、米本土上陸ス……160
エピローグ　日本本土血戦……197

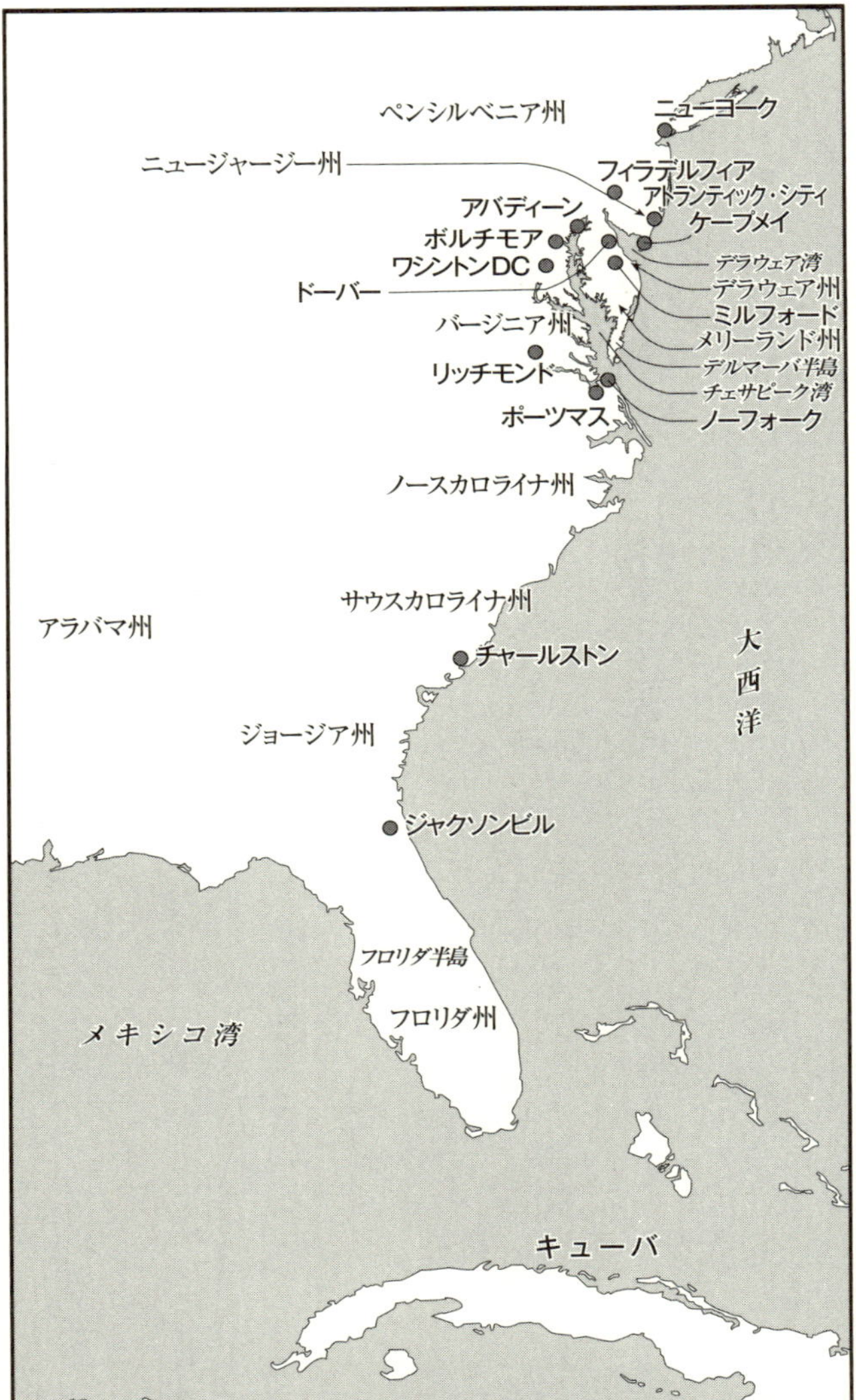

ペンシルベニア州
ニューヨーク
ニュージャージー州
フィラデルフィア
アトランティック・シティ
アバディーン
ケープメイ
ボルチモア
ワシントンDC
デラウェア湾
ドーバー
デラウェア州
ミルフォード
バージニア州
メリーランド州
リッチモンド
デルマーバ半島
チェサピーク湾
ポーツマス
ノーフォーク
ノースカロライナ州
サウスカロライナ州
アラバマ州
チャールストン
大西洋
ジョージア州
ジャクソンビル
フロリダ半島
フロリダ州
メキシコ湾
キューバ

プロローグ　アメリカ・イン・フレームス

1　奇襲成功

リバティ島沖合、ニューヨーク
一九四二年二月一四日、午前七時

銀翼に太陽をこれ見よがしに描き込んだ機体がニューヨーク上空を乱舞していた。

間違っても味方ではない。敵だ。交戦国の航空母艦から悪意と爆弾を抱き、厄災と死を撒き散らすために飛来した海軍機の大編隊であった。

太平洋と大西洋に挟まれたこの大陸はあまりにも広すぎた。ニューヨーカーたちは、三ヶ月前にハワイが空爆された時はショックを受けたものの、すぐ不感症になり、西海岸が艦砲射撃の餌食《えじき》になった際には、どことなく別世界の出来事のようにさえとらえていたのだった。

だが、戦時下の国に安寧《あんねい》の地などない。

合衆国最大の都市は、聖バレンタインのこの日、敵機の跳梁《ちょうりょう》を許してしまった。その事実は市民の心胆を寒からしめるには充分すぎた。

現実逃避を選択した代償の反動は凄まじかった。また、ニューヨーク空爆の第一目標に選択された建造物も、彼らの絶望感を増幅していた。

自由の女神像である。

独立百周年を記念し、フランスより寄贈された世界有数の巨像は、九九式艦上爆撃機が投下した二五番陸用爆弾の餌食となり、実にあっさりと瓦《が》解《かい》した。

残っているのは台座だけだ。その生首はリバティ島の海岸線まで吹き飛ばされ、砂浜との接吻を余儀なくされた。

事ここに至り、ニューヨーカーはようやく現実を受け入れるのだった。

合衆国は戦争を遂行中なのだと……。

＊

右手には灯台にも転用可能な松明《たいまつ》を、そして左手には独立宣言を象徴する銘板《タブレット》を持つ女神像を襲ったのは、空母〈蒼龍《そうりゅう》〉艦爆隊長であり、第一次攻撃隊総指揮官の江草隆繁《えくさたかしげ》少佐機であった。

帝国海軍随一の技倆《ぎりょう》を誇る急降下爆撃の大家である。真珠湾攻撃では第二次攻撃隊を率い、燃え盛る米空母群に引導を渡したこの艦爆乗りは、合衆国東海岸空爆の尖兵《せんぺい》に選出され、ニューヨークに飛来したのだった。

高度三五〇〇からの逆落とし。対空砲火、阻塞《そさい》気球なし。ほぼ無風状態。標的は身じろぎせぬ固定目標。これで命中しなかったら、俸給を返上しただけでは許されまい。

東海岸への処女弾を叩き込み、機体を一気に反転させると、偵察員の石井樹《いしいみき》飛行兵曹長が大声で叫んだ。

「当たりました！」

爆圧と熱波が九九艦爆の背後から押し寄せ、自重二三九〇キロの機体を揺るがした。破壊は一撃で成功したらしい。

江草少佐は喜悦で頬をほころばせるのと同時に、悲壮な覚悟を固めるのだった。

俺は合衆国の自由と独立を象徴する女神像を倒

壊させてしまった。必ずやしっぺ返しを頂戴することになろうな。

もっとも、江草は伊達《だて》や酔狂で自由の女神を襲ったのではない。命令に基づき粛々《しゅくしゅく》と投弾しただけである。

破壊計画を策定したのは南雲《なぐも》機動部隊参謀長草鹿龍之介《くさかりゅうのすけ》少将であった。その狙いは、二つに大別されよう。

まずは、ニューヨーク市民への威嚇《いかく》である。

日和見《ひよりみ》主義のマスコミに煽られた自称平和団体が勢力を拡張し、合衆国全土に厭戦《えんせん》気分が蔓延《まんえん》しているようだが、ウィルキー大統領を講和のテーブルにつかせるには、それをさらに増幅する必要があった。

心理的効果を狙うには、人口密集地に対する直接攻撃が有効である。それも毎日のように遠望しているシンボルが爆破されたなら、衝撃は計り知れないものがあろう。

二つめの理由は、空爆針路を示す道標《みちしるべ》を作るためであった。

こちらのほうが、より重要だ。なにせ日本海軍航空隊がニューヨーク上空を飛ぶなど初めての出来事である。攻撃目標の捜索には困難が伴って当たり前だ。操縦員の負担軽減にはランドマークの選定が不可欠であった。

自由の女神は、それにうってつけであった。

真西に一一キロ飛べばニューアーク飛行場が、そして北東に一七キロの場所にはノースビーチ飛行場が位置している。

両方とも民間空港ながら、開戦後に旅客輸送は中断され、陸海軍航空隊の基地となっていた。接近する南雲機動部隊にとって最大の破壊目標である。

嚮導機《きょうどうき》としての役割を求められた江草少佐は、自由の女神を破壊し、爆炎と黒煙とを烽火《のろし》に活用する気であった。隊長として一刻でも早く身軽になり、指揮に専念する必要もあった。

そのためには、あの女神に生贄《いけにえ》になってもらうしかない。

江草少佐は、七本の光の矢がついた冠が砕け散り、その生首が砂浜に転がるのを確認した直後、大声で叫ぶのだった。

「石井飛曹長、艦隊に連絡せよ。〝トラ・トラ・トラ〟だ。ニューヨーク上空に敵影なし。これより空爆の総合指揮を執る。

続いて、第一集団および第二集団へ命令。事前の計画通り飛行場を叩け。自由の女神の残骸が道を教えてくれようぞ！」

江草は九九艦爆を上昇させた。高みに昇らなければ統括指揮は難しいからである。

まずは内陸に位置するニューアーク空港の破壊を見届け、返す刀でノースビーチ飛行場の爆撃を監督するつもりであった。

総計一八三機の攻撃隊は素早く二手に分かれると、各々の破壊目標へと向かう。

大西洋横断中も訓練を重ねていただけのことはあり、攻撃編隊の動きは機敏そのものであった。これならば対地空爆でも戦果が見込めよう。

ところがである。江草少佐は予期せぬ爆炎を眼下に見ることになった。

「海上の船舶に爆炎ですッ！　七時方向！」

後部席の石井飛曹長が怒鳴る。首をねじ曲げて視線を確保すると、そこには紅蓮《ぐれん》の炎を放つ大型船の姿があった。

油槽船だろうか？　いや、違う。あれは航空母艦ではないか！

投弾した機の目星はついた。

高度三五〇〇メートルから水平爆撃を試み、初弾から敵艦を痛打できる者など、帝国海軍航空隊でもそうはいない。

「佐藤《さとう》機だな。勝手な真似をしおって……」

それは〝水平爆撃の神様〟との異名を頂戴した佐藤治尾《はるお》飛曹長が操る九七式艦上攻撃機の仕業《しわざ》に違いなかった。

偵察員の金井昇《かないのぼる》一飛曹とペアを組む佐藤は、開戦前に実施された爆撃演習で命中率一〇割という偉業を達成し、山本五十六《やまもといそろく》長官から賞状を授けられていた。機体整備や照準器の調整など、すべてを自分たちで行い、他の者には触れさせなかった。それほど水平爆撃に命を懸けていたのだ。

江草少佐は難しい判断を迫られた。同じ海軍航空隊の操縦員として、佐藤の行動は理解できる。

合衆国海軍に残された空母は〈エンタープライズ〉だけだ。あのフネさえ潰せば、大西洋における南雲艦隊の安全は一段階高くなろう。

だが、独断専行であることに変わりはない。戦果を得れば事後承諾されるという不文律はあるが、指揮官として黙視はできなかった。

「全機に命令。標的を見誤るな。第一次攻撃隊の破壊目標は敵飛行場なり。繰り返す。標的を見誤るな！」

ニューヨークに殺到した八八機の九七艦攻は、それぞれ二五番（二五〇キロ）を一発、六番（六〇キロ）を六発搭載していた。

すべて陸用爆弾である。戦艦も沈められる八〇番（八〇〇キロ）徹甲爆弾は、第二次攻撃隊にあてがわれていた。船舶攻撃は想定されていなかったため、航空魚雷を装備している九七艦攻もまた皆無だった。

陸用爆弾は対艦用のそれと比較して破壊力に劣る。防御の弱い空母が相手でも飛行甲板に穴をあけるのが精いっぱいだろう。

無駄弾とは言えないが、これ以上の投弾は本命の飛行場撃破に支障を来す。江草少佐が攻撃中止を命じたのも当然であった。

幸いにして、投弾したのは佐藤機だけだ。他の機体は誘惑に負けず、進軍を続けていた。これなら大丈夫だろう。

そう確信を抱いた直後であった。

九七艦攻が一機、粉みじんになって吹き飛んだ。対空砲火の火箭《かせん》に喰われたのである。

咄嗟《とっさ》に江草は機体を上昇させ、敵弾の襲来方向を探った。砲座の位置は、すぐに知れた。

マンハッタンだった。三〇〇年ほど昔、わずか二四ドルで先住民から買い取られたという逸話を持つ島だ。

その中程に位置するセントラルパークには、州兵が対空陣地を築きあげていたのだった。

連射されたのは九〇ミリ高射砲M1だ。

一九四〇年三月に陸軍が採用した対空兵器だが、新型のM1A1の配備が進んだため、払い下げ品のM1が州兵部隊に回って来たのだ。

真珠湾とは違い、反撃はさすがに素早かった。合衆国は黙って殴られるだけの存在ではないことを、州兵たちは行動で示したのである。

小賢《こざか》しい反撃に対し、征空隊の零戦九機が機敏に動いた。マンハッタン島へ機首を向け、緩降下しつつセントラルパークへと突っ込み、機銃掃射を敢行したのだ。

ままならぬ現状にじりじりしながら、江草少佐は命じた。

「爆撃隊全機へ。編隊を崩すな。対空陣地は征空隊に任せ、そのまま進軍を続けよ!」

阿鼻叫喚《あびきょうかん》の渦に投げ込まれていくニューヨークを見下ろしながら、江草は覚悟するのだった。

この街は地獄の戦場と化す。民間人の犠牲も出るだろう。

第一次攻撃隊の指揮官として、この身はすべての咎《とが》を受け止めなければならないと。

2 いまや〈赤城〉の艦上に

ニューヨーク沖、南東二三〇キロ
一九四二年二月一四日、午前七時一八分

『第一次攻撃隊はニューアークおよびノースビーチ飛行場の空爆に成功。撃破した航空機は一〇〇機乃至《ないし》一二〇機。然れども爆撃効果は不充分と判断す。またリバティ島沖で〈エンタープライズ〉らしき空母と遭遇。これを攻撃するも撃沈までは至らず。再攻撃の要ありと認む』

旗艦〈赤城《あかぎ》〉に届いた江草少佐からの電文は、必ずしも吉報とは言いがたいものであった。

機動部隊司令長官南雲忠一《ちゅういち》中将は大いに悩むのだった。

本来は合衆国東海岸に一撃だけ加え、さっさとキューバに向かう計画だったのに、どうやら長逗留を余儀なくされるらしい。

　真珠湾に続き〝トラ・トラ・トラ〟の吉報がもたらされた時、航海艦橋は歓喜で満たされたが、南雲はただ一人憂いを抱いていた。

（第一次攻撃隊には雷撃機は一機もない。それなのに〝突撃雷撃隊《トラ》〟を略した電文を打ってくるとは、現場に混乱が生じているのではあるまいか。ほころびは常に小さな一点から始まる……）

　思案する南雲に、参謀長の草鹿龍之介少将が進言した。

「長官、艦爆と艦攻の装備を対地攻撃に切り替え、第二次攻撃を強行しましょう。確実に飛行場を叩いておきませんと陸上機に追撃されます。

　ここで損害を受ければ、キューバ到着が難しくなるだけでなく、来たるべき上陸作戦にも支障を来すこと必定であります」

　南雲艦隊は古今東西の海軍でも最強の打撃力を誇る戦闘部隊だが、合衆国はあまりに広い。その東海岸を焦土にすることなど不可能である。今回のニューヨーク空爆も軍事的効果を狙っての行動ではなかった。

　日本海軍の手は長い。その気になれば東海岸にさえ手が届く。その厳然たる事実を、合衆国の民に知らしめることが主眼なのだ。

　もちろん、それだけではない。大西洋艦隊の誘引、撃滅も目論《もくろ》まれていた。

　合衆国海軍は、四〇センチ砲を搭載した戦艦を陸続と完成させ、東海岸に配備している。

　パナマ運河が通行不能となり、事実上西海岸に艦艇を回せなくなった現在、艦隊再編制の手段はほかにない。日本海軍は、まだ習熟訓練を終えていない新鋭艦を戦場に引きずり出し、海の藻屑《もくず》にせんと目論んでいた。

南雲にとって不幸だったのは、複数の戦略目標のうち、どれを重要視すべきか明瞭に指示されていないことであった。

計画では、第一次攻撃隊が対地装備で敵飛行場を潰し、第二次攻撃隊は対艦装備のまま待機する手筈であった。

艦攻に航空魚雷を装備していたのは、その基本方針に固執していたためである。

そして草鹿参謀長は、硬直した現状を変えようと欲していた。

「夜明け前から索敵機を飛ばしましたが、敵艦隊はおらぬ様子です。ここは第二次攻撃隊をニューヨークに振り向け、後顧の憂いを断つべきでしょう」

誘惑に心を揺り動かされる南雲であったが、さらに彼を惑わせる通報が入った。

「第二航空戦隊司令官山口《やまぐち》少将より意見具申。第二次攻撃隊は現装備のまま、ただちに発艦すべし。〈エンタープライズ〉に引導を渡さぬ限り、大西洋の制海権は得がたし！」

空母〈蒼龍〉を根城とする山口多聞《たもん》少将は機動部隊きっての闘士である。溢れんばかりの戦意を敵にぶつけたくて堪《たま》らない様子だ。

南雲は沈黙したまま熟慮し、草鹿参謀長の意見とも山口少将の進言とも違う、第三の選択を口にしたのだった。

「命令だ。第二次攻撃の要なし。第一次攻撃隊を収容後、艦隊は南東に向かう。速力二八ノット」

すぐさま草鹿参謀長が反駁《はんばく》する。

「いけません。敵飛行場にせよ、手負いの空母にせよ、放置すれば逆襲してくることは必定。攻撃は徹底しなければ意味がないですぞ」

「本職の真の任務は、かけがえのない機動部隊をキューバのグアンタナモ鎮守府に入港させ、小澤《おざわ》治三郎《じざぶろう》中将に指揮権を引き渡すことにある。一隻でも欠ければ申し訳がたたぬ。

ドイツ占領下のイギリスが協力してくれたとはいえ、地球を半周して大西洋に進出し、合衆国の東海岸を痛打したのだ。これは奇跡に近い。さらなる僥倖《ぎょうこう》を望むのは贅沢がすぎよう。

ここは勝ち逃げを決め込む。制空隊だけでなく、第二次攻撃隊の零戦も直衛にあげてくれ。速やかに脱出航路の策定を頼む」

南雲は保身とも受け取られかねない行動を選んだが、その判断は間違っていなかった。

ニューヨークの敵飛行場の実状だが、江草少佐の報告とは異なり、すでに機能を停止していたのである。

特にニューアーク空港の損害が大きかった。一九二八年に開港し、現在は陸軍航空隊が駐屯するそこには、B26〝マローダー〟が九六機集結していた。雷撃も可能な爆撃機だが、その大半は地上で撃破されていたのだ。

また、海軍機が基地とするノースビーチ空港は、軍用機そのものの損害は少なかったが、滑走路と指揮系統が寸断されていた。少なくとも組織的な抵抗ができる状態ではなかった。

空母〈エンタープライズ〉も飛行甲板に大穴があいてしまい、撃沈にこそ至らなかったものの、これまた艦載機の発進は難しい。

ここ数時間のうちに南雲機動部隊が空襲を受け

る公算はゼロに近かった。戦略目標を破壊したからには、尻に帆をかけて逃げ出すのが吉であろう。

だが、しかし――。

合衆国は屈辱を忘れない国家であった。そしてこの局面では海軍が意地を見せた。

後に〝惨劇の聖バレンタイン〟と呼ばれることになるニューヨーク空襲の仇《かたき》を討たんと、すでに動き出している戦闘艦がいたのだ。

合衆国大西洋艦隊は、まだ戦意も牙も失ってはいなかったのである……。

第一章　ニューヨーク沖海戦

1　餓狼伝説

ニューヨーク沖、南東三五〇キロ
一九四二年二月一四日、午前一一時一五分

「いたぞ！　ジャップの痩せ犬めが！」

SS‐214〈グルーパー〉の発令所に青年将校の大喊《たいかん》が響いた。

「航空母艦《フラットトップ》が六隻もいやがるぜ。ニューヨークを土足で踏み荒らし、自由の女神を打ち砕いた連中に違いないぞ。艦長はまだか！　この瞬間こそ、全力魚雷戦の命令が必要だというのに！」

発言者は副長を務めるバラク・クロイツ中尉であった。ドイツ系らしからぬ熱血漢の彼は、なおも怒鳴り続ける。

「野蛮人には絶対に代価を払わせるんだ。魚雷で沈め、魚礁にしてやる。祝福された合衆国を侵す悪漢には、神の代理として鉄槌《てっつい》を下さねば！」

過剰な熱気をはらんだ副長の発言に、居合わせた潜水艦乗り《サブマリナー》は興奮の度合を高めていったが、それはすぐ沈静化することになる。

発令所に〈グルーパー〉の主《あるじ》が現れたのだ。

「副長、静粛性こそ潜水艦の特出したメリット。騒音量と安全度は常に正比例するのだ。その事実をわきまえよ」

大人の風格をもって諫《いさ》めたのは、合衆国海軍少佐カーチス・E・ルメイであった。

三五歳のルメイは年齢とは不釣り合いなまでの威厳を身につけていた。

その面構え《つらがま》えと態度は、提督に見間違えられることもしばしばである。トレーニングマニアと部下から評されるまでの訓練好きであり、部下から恨みも買っていたが、それ以上の信頼を集めることにも成功していた。

潜水艦長として乗り組んだのは〈グルーパー〉で三隻目だ。大西洋艦隊に勤務していたために、実戦経験はまだない。

ルメイは軍帽を後ろ向きにかぶり直し、潜望鏡《ペリスコープ》を副長から横取りした。

「大艦隊だな。東洋人も石器時代からずいぶんと進歩したものだ。敵の針路と速度は？」

クロイツ中尉はすらすらと答えた。

「概算ですが、約二八ノットで南南東へと逃走中。陣容は空母六、戦艦一、巡洋艦四、駆逐艦多数と思われます」

「逃走中か。クロイツ副長にしては言い得て妙な表現だな。たしかに連中は逃げている。高速空母とはいえ、あれほどスピードを出せば重油の消費量も半端ではあるまい。

つまり、敵将はこう考えているのだ。貴重すぎる燃料を浪費してでも、東海岸から可能な限り早く遠ざかりたいと」

「そして、我らはその横っ面を叩く。それがベストですな」

「簡単にベストという表現を用いるな。最前線の軍人であれば、もっと欲を張れ。本艦の可能行動において真に最善なのは、この戦場を離脱して敵のタンカーを追い求め、撃破することだ。

連中は腹を空かせているはず。大西洋のど真ん中で燃料切れに追いやり、立ち往生させることが望みうるベストの戦果。違うかね」

「違いません。ですが、それは現状で不可能なのでは？　我らは戦闘艦艇以外、攻撃してはならぬと厳命されております。常に軍律を重要視なさる艦長が、禁則事項を破られるとも思えませんし」

面白くなさげに鼻を鳴らすと、ルメイは長々と続けた。

「ああ、不可能だな。我らは手足を縛られたまま戦わなければならん。それが大西洋艦隊司令長官ドワイト・D・アイゼンハワー海軍中将の御意志なのだから。

あの提督は何もわかっていない。潜水艦は現代戦の要《かなめ》なのだ。あらゆる軍艦のなかで、一トン当たりの建造費用はもっとも高額。つまり、空母や戦艦よりもはるかに貴重なのだ。

それを危険な対艦攻撃に投入するのは愚策そのものではないか。何百隻もあれば別だが、合衆国海軍が保有する潜水艦は七九隻。そのうち六割が旧式な小型艇だ。ハワイで新型の大半が拿捕《だほ》されたのが痛すぎた。

潜水艦はいまや秘宝のような存在。だからこそ損害を回避し、確実に戦果のみを享受できる通商破壊戦に投入すべきなのだ……」

ルメイの愚痴は誇張ではなく、合衆国潜水艦隊の置かれた境遇を切実に物語っていた。

列強海軍は、第一次大戦直後から次世代兵器である潜水艦の近代化に注力していた。

次の戦争は地球規模となろう。それまで沿岸警備を任務としていた小型艦では対応できない。よって長期間行動が可能な航洋型艦隊潜水艦の開発が急務となった。

戦勝各国は賠償艦として入手したドイツUボートの分析に着手し、やがて一五〇〇トン超の大型艦の建造を始めた。

合衆国海軍もご多分にもれず、その路線に舵を切ろうとしたが、もたつきが生じた。太平洋艦隊は全面的に航洋型艦隊潜水艦を採用すべしと主張したのに対し、大西洋艦隊は安価で数を揃えやすい小型艦も充実させねばならないと述べた。

両者の議論は噛み合わなかったが、最後には苦い現実が大西洋艦隊の肩を持った。フィリピンがスペイン領のままであるのに、大型潜水艦の数を増やす必要性が本当にあるのか。ハワイさえ守れれば、それで充分ではないか。

こうして合衆国海軍の潜水艦調達方針は大型艦と小型艦の折衷案となってしまった。そして中途半端な決断のツケは、すべて前線に回された。

ルメイ少佐もまた混乱の被害者であった。

三六歳の彼は潜水艦を愛していた。学費を稼ぐため、製鉄会社で日雇いの仕事に汗を流していた時、ルメイは聞いたのだ。自分が運搬した鉄板がやがて海中を進む船になるのだと。

感動のあまり、ルメイはその日のうちに志願書の送付先を陸軍士官学校《ウエストポイント》から海軍士官学校《アナポリス》へ変更してしまった。

潜水艦こそ、命を懸けるに足りるものと信じたルメイは、宿願かなって潜水艦部隊に配属され、その頭角を現していったのである。

ルメイは大西洋艦隊に配属されたが、小型潜水艦にはあまり魅力を見出せなかった。対潜兵器の性能向上を考えるに、潜水艦による沿岸防御は非効率的である。やはり航洋型こそ次世代潜水艦のあるべき姿なり。

研究の末、そう結論づけた彼は、機会があるたびに水中排水量二〇〇〇トン超の潜水艦を揃えねばならぬと力説し、これらを三隻ごとにグループ化して敵船団を襲撃する戦術を考案した。

ルメイにとって幸運だったのは、ヘンリー・アーノルド海軍少将が後ろ盾となり、アイディアを酌み取ってくれたことだ。

潜水艦隊の重鎮であるアーノルド提督の意見に引きずられ、潜水艦隊司令部も重い腰をあげた。

こうしてどうにか開戦に間に合ったのが、新型潜水艦〈ガトー〉級であった。

燃料二八八トンを積み、一〇ノットで一万一〇〇〇浬《カイリ》を航行可能な足の長い潜水艦だ。大量生産に適したデザインが貫かれており、三年間で六〇隻以上が建造される予定であった。

ルメイは、その開発には試作段階から関わり、性能を絶賛していた。素晴らしい潜水艦である。これを大量生産すれば、あらゆる戦争に勝利できるだろうと。

無念にも、戦力が整うより先に対日戦が始まってしまった。現在までに完成した〈ガトー〉級はたったの六隻だ。

ルメイの〈グルーパー〉はその三番艦であった。コネチカット州エレクトリック・ボート社で建造され、就役したのは二月一二日。

つまり四八時間前である。

基礎訓練こそ完了していたが、これでは戦果など大して期待できまい……。

「無制限潜水艦作戦こそ勝利への近道だ。守りの薄い輸送船を一方的に叩き、キューバへの補給路を寸断すれば、東海岸の安全は確保できる」

潜望鏡のアイピースに両眼を押しつけたまま、ルメイは大胆にも言い切った。

クロイツ副長がそれを咎《とが》める。

「それを強行すれば、ドイツの本格参戦を招くことになりますよ。ヒトラーはキューバへ物資を海上輸送しているのですから。まるっきり第一次大戦の裏返しです」

「副長は〈ルシタニア号〉事件を言っているのだろうが、それは認識不足だ。合衆国が参戦を決意したのは、あの客船沈没がきっかけではない。

ヨーロッパへの介入はすでに決定事項だった。ヒトラーが合衆国への参戦を決定事項としているようにな。

お前はドイツ系であろう。かつての歩兵伍長の考えは、フランス系の本職より深く理解できると思うのだが」

「アドルフ・ヒトラーはオーストリア出身です。曾祖父の時代から多民族国家である合衆国で暮らしてきた我が一族には、ヨーロッパの覇者の脳内など想像もできませんよ」

「ならば本職が想像してやろう。あの独裁者は、介入のタイミングを見計らっているにすぎない。ワシントンがご機嫌取りに右往左往しているようだが、すべて徒労に終わる。

我らの努力もまた無駄骨。ウィルキー大統領は枝を守って根を見ていない。合衆国は破滅への道を歩んでいるのだ」

「艦長、どうか士気の低下を招く発言は自粛していただきたい。それに無制限潜水艦作戦と言われましたが、非武装の民間船を攻撃するのは騎士道精神に反する卑怯な行為かと」

「騎士道？　卑怯？　カビの生えた単語を信じて戦争などできるものか。もしや副長はこう思っているのかね。民間船には女性や子供が乗っている可能性があると。

そうかもしれないし、そうでないかもしれない。大勢の非戦闘員が死に追いやられ、君は良心の呵責に苛《さいな》まされるかもしれないし、溺死する幼子の死に顔が眼に焼き付いてしまうかもしれない。

ならば、こうアドバイスしよう。国家が君に期待する務めを果たしたいのであれば、すべて忘れることだ。説教はこれまで。我らは軍人を相手に殺戮《さつりく》を行える好機を得たのだから。

潜望鏡を下げよ。深度六〇へ。速度六ノット。二時方向へ急げ。全力魚雷戦用意」

戦闘準備の号令に〈グルーパー〉を動かす八〇名の潜水艦乗り《サブマリナー》は戦意をみなぎらせた。厭世観を隠そうともしない艦長の下ではあるが、ようやく復讐の瞬間が到来したのだ。

「グレート・ハンティングの開始ですな」

クロイツも不敵にそう言ったが、ルメイ艦長は無表情を決め込むのだった。

「あまり喜んでもいられないぞ。我らは味方艦の屍《しかばね》を乗り越え、戦果を得るのだから」

その直後であった。背筋が凍る炸裂音が海水を伝播してきた。

「爆雷音だ！　しかし、かなり距離がある。本艦を狙ったものではなさそうです。まさか〈ノーチラス〉か〈ガジョン〉がやられたのでは……」

副長の疑念に、艦長はさも当然と言わんばかりに応じるのだった。

「仕方あるまい。これが群狼戦術《ウルフパック》の負の側面だ。我らはこの潰乱に乗じて侵略者を斃《たお》すのみ」

2　ウルフパック

同海域
同日、午前一一時四五分

ニューヨークを痛打した南雲機動部隊は、代償としての反撃を極度に恐れていた。

最大の脅威は空襲だが、海面下の敵もまた侮《あなど》りがたい。キューバへ帰着するには、対潜警戒を厳にする必要があった。

潜水艦狩りは駆逐艦の仕事だが、それだけでは安心できない。南雲中将は当然のように対潜任務機の投入も命じた。

日本海軍はその任務を浮舟《フロート》を装着した水上偵察機に授けていた。速度こそ遅いが、長時間飛行が可能な水偵は哨戒にもってこいである。

カタパルトで射出するため、水偵は戦艦か重巡でなければ満足に運用できない。その時、南雲艦隊には戦艦が一隻、重巡が四隻いた。

高速戦艦〈榛名《はるな》〉および重巡〈最上《もがみ》〉〈三隈《みくま》〉〈利根《とね》〉〈筑摩《ちくま》〉である。それらに搭載された零式水偵と九五式水偵は合計二一機。半数は米艦隊の索敵に投入されるため、対潜哨戒に従事できるのは一〇機前後となる。

これで充分かどうかは微妙であった。万全を期するのであれば、空母に搭載する九七艦攻に対潜爆弾を積み、出撃させるべきだ。

だが南雲は、それを許可しなかった。敵艦隊発見の一報が届くのを待ちわびていたからである。

守より攻を重視する日本海軍では、攻撃編隊の数を減らす行為は称賛されない。また搭乗員たちの間では、索敵や対潜警戒など水偵の雑事にすぎないと見下す声も強かった。

艦攻や艦爆で専門の索敵飛行隊《スカウトスコードロン》を編成し、空母に常駐させていた合衆国海軍とは、根本的に発想が異なっていたのだ。

索敵と対潜警戒の不徹底が悲劇に直結することなど、予想できて当然であったろうに……。

*

「早く新鋭戦艦の姿を拝みたいものですな」

余裕綽々《しゃくしゃく》といった調子を崩さぬまま、参謀長草鹿龍之介少将は朗らかに言い切った。

「連中さえ叩き潰せば、南米を廻航してくる水上砲戦部隊の負担が減ります。栗田《くりた》中将は西海岸とパナマで苦労された様子ですし」

軍帽を目深《まぶか》にかぶり直してから、南雲忠一中将は淡々と返す。

「うむ。〈比叡《ひえい》〉〈霧島《きりしま》〉〈扶桑《ふそう》〉を喪失したとの暗号電報が届いていたな。グアンタナモで敵戦艦と殴り合った代償だ」

「対地攻撃では戦艦部隊に一日の長があります。東海岸を叩く駒が減るのは、我らにとっても得策ではありません。やはり大西洋艦隊の戦艦を探し出して空襲し、後顧の憂いを断つことが得策だと判断します」

「索敵機を増やせと言うのかね」

肯《うなず》いてから草鹿は続けた。

「この曇天です。水偵だけでは見逃してしまう危険もありましょう。敵を発見せぬことには攻撃隊も出せませんし」

南雲は旗艦〈赤城〉の進行方向、つまり真南の豊旗雲《とよはたぐも》を睨みつけた。まだ雨こそ落ちていないが、天は灰色に濁っている。暗がりにも似た空模様に南雲は不安をかきたてられるのだった。

天候の先行きがまるでつかめないのだ。

戦時下における天気予測は軍事情報として取り扱われる。合衆国も一切の気象情報を公共の電波には乗せていなかった。南雲艦隊は独力で気象図を作成していたが、情報不足で気休めにもならぬ精度であった。

攻め込む側の贅沢な弱みを噛みしめつつ、南雲は言った。

「敵本土のすぐそばにいる現実を忘れてはいかん。攻撃ばかり考えていては、守りが薄くなる。今は上空直掩に本腰を入れるべきだろう」

「索敵は艦攻にやらせます。零戦は用いません」

「それでは攻撃隊の枚数が減る。〈飛龍《ひりゅう》〉の山口少将からは九七艦攻を対潜警戒機として飛ばせと矢の催促だ。守備を固めるには、そちらのほうが建設的だと思うが……」

南雲がそう返した直後だった。一時方向で異変が生じた。怪しげな白煙が、海面から立ち上っているではないか。

「発煙弾です。水偵が投下したのでしょう」

草鹿参謀長の解説に、通信長が大声で続いた。

「駆逐艦〈野分《のわき》〉より緊急連絡。敵潜水艦らしきものを発見す。これより爆雷戦に移る！」

米潜らしき影を発見したのは重巡〈最上〉を発進した九五式水偵であった。

対潜哨戒に没頭していたゲタ履き機は、潜望鏡特有の白波を発見し、狩りに着手した。

まず発煙弾を投下して目標を友軍に教え、その後に本命の対艦爆弾を投下したのだった。

九九式六番二号爆弾である。

自重六四・五キロと小型だが、対潜水艦用に設計されており、戦果は期待できる。深度三〇メートル付近で炸裂するよう、あらかじめ信管が調節されていた。

複葉の九五式水偵は、これを一発だけ搭載していた。緩降下しつつ投弾すると、水柱が生じたものの手応えはない。

そこへ急行したのが〈野分〉であった。

昨年四月に就役したばかりの〈陽炎《かげろう》〉型駆逐艦の一隻だ。最高速度を三五ノットで辛抱し、その代わりに航続距離の延長に成功した新鋭である。設計時には連合艦隊の大西洋進出など夢想でしかなかったが、結果としては大正解であった。

駆逐艦〈野分〉は発煙弾の痕跡を頼りに、九一式対潜爆雷を遠慮なく放り込んだ。〈陽炎〉型はこれを各艦三六発ずつ搭載しているのだ。

やがて、ひときわ大きな海水の束が屹立《きつりつ》した。その色は黒褐色。なんらかの人工物が爆裂した証拠だ。

それはSS－211〈ガジョン〉の断末魔であった。〈ガトー〉級のひとつ前のタイプである〈タンバー〉級の最終艦《ラスト》だ。

就役して約一年が経過しており、乗組員の練度や士気は高かった。

だからこそ日本艦隊の真正面に位置し、果敢に魚雷攻撃を目論んだのである。

不幸にして〈ガジョン〉の戦意は空回りしてしまった。潜望鏡を上げた瞬間に九五式水偵に発見され、爆弾の餌食となったのだ。

しかし、〈ガジョン〉の犠牲は無駄にはならなかった……。

『敵潜撃破。繰り返す。敵潜撃破確実！』

もたらされた吉報に〈赤城〉の艦橋は大いに沸いた。すぐさま草鹿参謀長が言う。

「またしても航空機の汎用性が証明されました。水偵が発見し、駆逐艦が息の根を止める。まさに立体機動戦術。今後の対潜掃討の手本となり得る戦果でありましょう」

軽く肯いてから南雲は応じた。

「空中と海中を支配する軍事勢力が次世代の海戦を制する。その考えは正しい。ただし、合衆国海軍が同様の結論に行き着いていたとすれば、これは面倒だぞ。立体的な連携技を敵が仕掛けてきたとすれば、防ぐのは難しい……」

悪しき未来を予言するかのような南雲の台詞は、悪しき現実を招来してしまった。

重低音が〈赤城〉の右舷後方から轟《とどろ》いた。爆音である。下っ腹に響くそれは、地獄からの咆哮《ほうこう》を思わせるものであった。

「二番艦〈加賀《かが》〉が被雷した模様！」

最悪の可能性が現実化したことを認めた南雲は即座に命じるのだった。

「対潜警戒を厳にせよ。この潜水艦は一匹狼ではない。群れでいるぞ！」

＊

合衆国海軍潜水艦部隊は開戦前から新たな雷撃戦術を模索し、研究を続けていた。

その中心人物の一人がルメイ少佐であった。

ルメイは艦隊型潜水艦による通商破壊戦を大西洋全域で実施すべしと主張していたが、理想論にこだわり現実を無視する輩《やから》ではなかった。置かれた状況で最大の成果を得るべく研鑽《けんさん》を重ねていた。

潜水艦は単艦ごとに用いるよりも、グループで活用したほうが戦果が見込める。かつては困難を極めた連携プレイすら、通信機器の発達で可能となった。沿岸地域の拠点防衛を担うのであれば、潜水艦を猟犬のように用いるべきなのだ。

これぞ〝群狼戦術《ウルフパック》〟として知られることになる潜水艦活用術であった。

三隻もしくは四隻でチームを組み、集団で敵船団を狩るのだ。脅威対象が複数存在すれば、洋上部隊は混乱すること必定であるし、時間差攻撃でさらに翻弄することもできる。

索敵の見落としを極力減らすべく、かすがい型やくさび型の陣形《フォーメーション》を考案し、魚雷の性能向上にも口を挟んだ。

故障の多いＭｋ14魚雷を不良品と断罪し、信頼性を向上させたＭｋ16魚雷を開戦に間に合わせたのは、ルメイの功績とされている。

そして、彼はこうも考えていた。戦果を確定するためには、一定の犠牲もやむなしと。

非情なルメイの努力はやがて戦場で花開くことになる……。


鈍い爆裂音が遠方から響いた。

海中に潜むＳＳ‐２１４〈グルーパー〉の乗組員は、それが自らの戦果だと気づいたが、歓声をあげる者は誰一人いなかった。

ルメイ艦長が厳禁していたためである。生きて帰りたければ声を一切あげるなと。

「命中魚雷一本と判断しますが、潜望鏡深度まで浮上し、確認すべきです」

小声で副長のクロイツ中尉が言ったが、ルメイ

は憮然とした様子で、

「これでは喜べない。艦首六本の魚雷を全門発射したというのに、当たったのがひとつだけとは。戦果確認の必要なし。潜望鏡は不要だ。深度七〇メートルまで潜れ。針路九時方向。電池直列。速力八ノット。西に逃げろ」

と述べた。すぐさまクロイツは反論する。

「反復攻撃はどうなるのですか！　すでに艦尾の魚雷発射管は装填を完了しておりますぞ」

「空母が沈めば駆逐艦は乗組員の救助に向かう。その隙を突いて再度雷撃の予定であったが、一本だけでは撃沈は無理だ。ここは距離を取り、態勢を立て直してから次善の策を練る」

「それでは〈ノーチラス〉が孤立します。あの潜水艦は巨大で、海中での機動が鈍いのです。本艦が側面から支援しませんと、苦戦は必至です」

ルメイが率いるニューヨーク派遣潜水艦隊第四グループは、三隻の潜水艦で構成されている。今回は群狼戦術《ウルフパック》に徹するべく、綿密な作戦が練られていた。

まずは〈ガジョン〉が正面から雷撃を強行し、〈グルーパー〉は側面から不意打ちをかけ、逆方向に回り込む。そして〈ノーチラス〉は遊撃艦となり、徹底して波状攻撃を行う。場合によっては危険を無視して浮上し、無線で相互連絡を取りながら襲撃を続行する……。

そんな計画を無視し、ルメイは逃亡を指示したのであった。乗組員の士気はこれで一気に下がった。

雰囲気を察したのか、ルメイは半身を潜望鏡に預けたまま、こう告げるのだった。

「諸君、本艦は逃げ出すのではない。次なる一打を誘う呼び水となる。それだけだ。

攻撃は反復しなければならない。だが、潜水艦だけで敵を殲滅《せんめつ》することは無理だ。海中のみならず上空と水面からも痛撃を浴びせなければならん。

友軍を呼ぼう。そのためには日本艦隊の居場所をノーフォークに打電せねば。距離を充分に確保したうえで浮上せよ」

3　空襲開始

同海域
同日、午後一時五分

ルメイ艦長が放った魚雷はＭｋ16と呼ばれる新型であった。

磁気爆発尖を設計し直し、不発が劇的に少なくなったのが特徴だ。寸法こそ旧型のＭｋ14と大差ないが、炸薬量は三三八キロと一割も増えている。

Ｍｋ14が四六ノットで四一〇〇メートルを進むのに対し、Ｍｋ16は同じ速度で一万メートルまで走ることができた。

単なる空気燃焼方式でなく、過酸化水素水から酸素と水蒸気を抽出し、推進機関に利用するという複雑な機構を採用した成果だ。

合衆国海軍はこれをＮＡＶＯＬシステムと呼び、軍事機密に指定していた。広義では一種の〝酸素魚雷〟と評することもできよう。

生贄に指定されたのは〈加賀〉であった。

基準排水量三万八二〇〇トンと日本空母ではいちばん重く、近代化改装の折に防御も望みうる最上の段階まで引き上げられていた。

旧国名を用いている点からもわかるように、〈加賀〉は建造が中断された戦艦の船体から航空母艦へと改装された軍艦である。

そもそも母体が殴られ強いのだ。被害は意外にも小さかった。

命中箇所は右舷中央である。ここは舷側でいちばん装甲が分厚く、直撃はしたが致命傷だけは回避できたらしい。

「長官、〈加賀〉艦長の岡田次作《おかだじさく》大佐より報告が入りました」

緊張の面持ちで通信参謀が語るや、南雲は短く読めと命じた。

「被雷せるも損傷は軽微。小破と判断す。右舷に一〇度傾斜するも左舷に注水し、復元に成功。艦中央エレベータが昇降不能になったほかに目立つ被害なし。速力二二ノットに低下せるも、艦載機発進に差し支えなし」

中途半端な損害に、南雲は唇を歪《ゆが》めることしかできなかった。果たしてこれを小破と評してよいものだろうか？

ここぞとばかりに草鹿参謀長が言う。

「ちと弱りましたな。ただでさえ〈加賀〉は鈍足艦で機動部隊のお荷物だというのに、二二ノットしか出ないのでは送り狼に喰われますぞ。

潜水艦は振り切ったとしても、位置が露呈した以上、空襲は必至です。ニューヨークの軍用飛行場を完全に潰していれば、安心して南下できたのですが……」

南雲はあえて沈黙を守った。それが彼自身への批判だと認識できたからである。

「ニューヨークを空爆した第一次攻撃隊の収容に手間取ったことが、地味に響いております。下手をうてば水上部隊に捕捉されるかもしれません。

ここは攻勢防御で切り抜けましょう。針路を東へ向け、一刻も早く敵艦隊を探し出してこれを屠《ほふ》り、脅威対象を排除するのです」

景気よく積極策を述べる草鹿に、南雲は静かに返すのだった。

「勇猛果敢な案ではある。だが、それではキューバ到着が遅れよう。艦隊と飛行機を保全したまま、南下を確保する妙案はないのか」

「非情な手段ですが、ひとつだけあります。思い切って〈加賀〉を捨てるのです」

「岡田艦長に〝捨て奸《がまり》〟を命じるのか？」

「いかにも。奴とは霞ヶ浦で一緒でしたが、悪い勘ばかりよく当たる薄気味の悪い男でした。こうした修羅場のくぐり方は熟知しているはず」

「小の虫を殺して大の虫を生かすか。だが、それだけは避けたい。〈加賀〉は常用補用を合わせると九〇機も格納庫に載せている。これを失うのは痛すぎる。

この南雲が指揮官である以上、〈加賀〉を艦隊から切り離すことはない。艦隊速力を二二ノットまで落とせ。肩を寄せ合って密集し、堅陣を組むのだ。我々は全艦揃ってグアンタナモ鎮守府に投錨《とうびょう》せねばならん。これは命令である」

そう断言されたからには、草鹿にも逆らう術《すべ》はなかった。

参謀長が肯きかけた瞬間だった。またしても凶報が〈赤城〉司令部を凍りつかせたのである。

「直衛の零戦が増槽を落とした！」

見張り員の絶叫は、護衛戦闘機が身軽になった事実を示していた。

それは敵機発見の意思表示にほかならない。艦隊上空四五〇〇メートルを遊弋《ゆうよく》していた零戦は、三機が連なって高度を下げていく。

続いて駆逐艦〈浜風《はまかぜ》〉からの緊急報告だ。

『敵機二を発見せり。四時方向。高度四〇〇〇。小型機らしい！』

その急報に〈赤城〉艦長長谷川喜一《はせがわきいち》大佐が鋭く反応した。

「敵機襲来の公算大なり。全艦、対空戦闘準備」

艦橋はにわかに殺気だった。旗艦としての役目を果たすのと同時に、自らの守りも固めなければならない。喧噪の度合が高まるのも当然である。

そして南雲は艦隊指揮官として機動部隊すべてに気を配る必要があった。艦単位のことは長谷川艦長に丸投げするのが正解だが、自らの乗艦するフネが沈んだのでは話にならない。

気もそぞろになっていく南雲だったが、ここは直衛隊が実力を発揮した。

昭和一七年初頭の段階で、世界最強の戦闘機である零戦二一型は、敵機に急降下させる余裕すら与えず、次々に鉄の翼をもぎ取っていった。対空砲火を浴びせる必要さえなかった。

「たったの二機で殴り込みをかけるとは、勇敢というよりも無茶な連中だな」

南雲の言葉に参謀長が続いた。

「真珠湾で入手した資料によりますと、敵は索敵飛行隊なるものを空母に載せております。艦爆や艦攻を爆装し、そのまま索敵機として使うという寸法です」

「ニューヨークに入港しようとしていた〈エンタープライズ〉の艦載機だろうか？　第二次攻撃隊を出し、完膚なきまでに叩いていれば、こんなことにはならなかった」

「それは違いましょう。空母が寄港する際には各航空隊は事前に発艦し、地上基地に降りているはずです。

また陸用爆弾とはいえ、敵空母の飛行甲板を潰したのは事実。〈エンタープライズ〉はもう戦力としては寄与できないと判断します」

希望的観測に近い言葉だが、南雲の不安は払拭《ふっしょく》されなかった。

「ならば陸上飛行場から飛んできたのだろう。先ほどの艦爆が一種の強行偵察隊であるのは明白。本命がこれから徒党を組んでやって来る。無理をしてでも再攻撃すべきだった。提督としての私の決断が間違っていたのだ」

4　最後の空母決戦

ニューヨーク沖、南方一五五キロ
同日、午後一時一五分

「ケニス・テイラー中尉機より緊急電。敵発見。空母六隻を含む大艦隊！」

待ち焦《こ》がれた報告に、元太平洋艦隊司令長官ダグラス・マッカーサー海軍大将は、興奮を抑えきれなかった。

「距離は？　方位は？」

海図盤にしがみついていた艦長のジェームス・B・オード大佐が落ち着いて返事を寄越した。

「本艦の南東約一九〇キロ。雷撃機でも届く間合いかと。潜水艦〈グルーパー〉が報告してきた海域のすぐそばです。確度は高いでしょう」

マッカーサーはまなじりを決してから、後ろの上官へと振り返った。

「攻撃命令を頂戴したい。それも搭載機のすべてを投入した総攻撃を！」

　鬼気迫る台詞を叩きつけられたのは、大西洋艦隊司令長官のドワイト・Ｄ・アイゼンハワー海軍中将であった。

「私にはまだ〈エンタープライズ〉の子細がわからない。今回は貴殿に一任したいが」

「いや。すでに〝ビッグＥ〟は大西洋艦隊の指揮下にある。ＶＳ６だけならともかく、攻撃機隊の発進には君の指令が必要なのだ」

　ＶＳ６は第六索敵飛行隊《スカウトスコードロン》を意味している。日本艦隊を発見したテイラー中尉は、その隊長として出撃していたのだった。

「テイラー機より続報。敵戦闘機が急速接近中。これより投弾《ダイブ》に移る！」

　ブリッジの空気が一気に張り詰めた。誰もがその先を欲したが、無線は沈黙したままだ。

「通信室！　どうした!?」

　堪らずにオード艦長が急《せ》かす。その答えは悲惨なものであった。

「回線途絶。撃墜された模様……」

　絶望感を激増させる通達であったが、アイゼンハワーは冷静さを装いつつ訊ねた。

「噂のゼロ・ファイターですかな」

　吐き捨てるような声でマッカーサーが応じる。

「間違いあるまい。悔しいが、ジャップの艦上戦闘機は我らのワイルドキャットを凌駕している。恐ろしいほど旋回性能がいいのだ。遭遇したパイロットに言わせれば、編隊戦術さえ確立すればＦ４Ｆでも対抗可能という話だが……」

慰めにもならない可能性を聞かされたアイゼンハワーだが、まだ絶望するには早過ぎる。

彼は双眸《そうぼう》を飛行甲板へと向けた。大勢の水兵たちが復旧作業に汗を流している。直撃弾であいた大穴に補修用の木材をいくつも渡し、補強を続けていた。

ニューヨーク港内で九七艦攻《ケイト》の水平爆撃を浴びた時には死も覚悟したが、敵弾は着発信管であり、飛行甲板前部が小破しただけですんだ。

火勢はもの凄かったが、天候はすぐに小雨となり、消火には手間取らなかった。着弾から六〇分後にはとりあえずだが艦載機の発進に支障がないまでに修理は終わっていた。

けた外れのダメージ・コントロール能力に、アイゼンハワーは驚きを隠せなかった。

ドック入りしなければ戦力にはならないと考えていたのだが、本艦〝ビッグE〟のタフネスぶりは特筆に値しよう。

タフなのは船体《ボディ》だけではなかった。それを操る乗組員たちも打たれ強くなっている。太平洋全域を失うという敗戦に直面しつつも、まだ闘争心を失っていないのは、マッカーサーの統率力の高さを証明している。

彼らのような若者がいる限り、合衆国は簡単には負けない。

アイゼンハワーは決意した。過去にマッカーサーとの確執を経験していたが、今はわだかまりを捨てなければならないと。

テキサスで生まれたドワイト・アイゼンハワーは、ドイツ系の貧困家庭に育ち、高校卒業後に父が勤めるアイスクリーム工場に入社した。貧乏で甘みに飢えていた彼にとって、それは天職に思えたらしい。

だが、学業への誘惑は断ちがたく、やがて友人の勧めで軍人の道を志すようになった。学費が無料という一点に惹《ひ》かれたのである。

高校時代の成績は優秀であり、陸軍士官学校《ウエストポイント》でも海軍兵学校《アナポリス》でも好きなほうの推薦状を入手できたが、結局は海軍を選んだ。軍艦ではアイスクリームが食べ放題と聞いたからであった。

海軍士官の道を歩むドワイトは、一九三五年にダッチハーバー基地へ転勤となった。当時、少将であったマッカーサーが、副官としてドワイトの手腕を欲したのである。

だが、夏の北太平洋で事件が起こった。

荒天と霧を衝いて演習を強行していた第四巡洋艦隊が時化《しけ》に巻き込まれ、大被害をこうむったのだ。駆逐艦二隻が大破し、実に五四名もの若者が命を落としてしまった。

いわゆる北太平洋第四艦隊事件である。

管理責任はマッカーサーにあったが、彼は副官のアイゼンハワーが無茶な出撃命令を下した結果であると強弁し、罪を押しつけてしまった。

ダッチハーバーをハワイ並みの防衛拠点に拡張せんと目論んでいたマッカーサーにとって、失敗は許されなかったのだ。

この措置に憤慨したアイゼンハワーは転任嘆願書を何枚も記し、ようやく大西洋艦隊への異動が認められた。

以後、ヨーロッパ諸国海軍との調整に尽力していたドワイトは、対日戦争勃発の翌日に大西洋艦隊司令長官に抜擢され、聖バレンタインデーのこの日、マッカーサーと六年ぶりの再会を果たしたたのであった。

多少は恨みも残ったが、合衆国そのものが多事多難に置かれている現在、個人の思いなど棚上げすべきだ。

怒りはすべて敵にぶつけるべきであろう。

「DD-390〈ラルフタルボット〉より緊急連絡あり。北西より友軍機《フレンドリー》、接近中！」

それは〈エンタープライズ〉に同行する唯一の護衛艦だ。

当時ニューヨーク港には三隻の駆逐艦が投錨していたが、すぐに動けるのは〈ラルフタルボット〉だけであった。ノーフォークから廻航する際には駆逐艦四隻が随伴していたが、すべてニューヨーク到着の前日に引き返していたのだ。

日本軍の第二次攻撃を覚悟し、マンハッタンを離れたマッカーサーだが、彼は単に逃げ出したのではなかった。

追撃を兼ねて出動したのである。それもたった二隻の機動部隊で。

マッカーサーは自らの艦隊をこう呼んだ。最終《ファイナル》任務部隊《タスクフォース》と。

損害など最初から省みず、ひたすら敵を叩くことに特化した覚悟の具現化に、アイゼンハワーも心を打たれた。彼もまた祖国防衛に燃える海軍軍人であったのだ。

「味方機とは心強いですな。機種は？」

オード艦長の声に見張りが応じた。

「B26〝マローダー〟と思われます。機数四！」

今度はアイゼンハワーが声をあげる。

「陸軍機だ。ニューアーク空港を飛び立った機体だろう。空爆されたろうに、よく生き残っていたものだ」

双眼鏡を構えたマッカーサーが続いた。

「しかし戦闘機がついていないぞ。護衛なしでは鈍重な双発機など的になるだけ。それに敵艦隊の位置をつかんでいるかも怪しい。すぐにワイルドキャットを発進させ、水先案内をさせよう」

アイゼンハワーもそれを了承した。

甲板上で待機していたグラマンF4F〝ワイルドキャット〟戦闘機が三機飛び立ち、B26を追いかけていく。

「格納庫を空《から》にしなかったのは貴殿の決断かな。だとすれば正解でしたぞ。地上基地に着陸させていたら、出撃命令さえ下せなかったはずだ」

ニューヨーク近辺の飛行場とは連絡が途絶している。通信回線が空襲で寸断されたのだ。マッカーサーはコーンパイプをくわえ直すと、こう話すのだった。

「ニューヨーカーに武威を示したかっただけだ。艦載機をずらりと並べ、合衆国海軍はまだ戦力を失っていない現実を見せつけてやりたかった。オードド艦長は反対したがね」

停船中の航空母艦は艦載機の離着艦が一切できない。そのため母港に戻る際には手近な飛行場に着陸させ、訓練と整備に従事させるのが常だ。

「動機はともあれ、結果は好ましきほうに転んだ。悪夢の世界に生きる我々ですが、意外にも幸運が巡って来たのかもしれませんぞ。このビッグウェーブには乗るしかない」

アイゼンハワーはそう言ってから、威厳を込めた口調で続けたのであった。

「この状況で決定するのは望ましい行動ではないと思う。しかしながら、私には決断を下す義務がある。では諸君……行こう！」

オード艦長が肯くや、即座にマイクに叫んだ。

「全攻撃隊に命令！　ただちに発進開始！」

5　スーサイド・アタック

南雲艦隊上空
同日、午後二時五二分

ＣＶ‐６〈エンタープライズ〉が放った攻撃隊は総計五六機であった。

内訳はグラマンＦ４Ｆ〝ワイルドキャット〟戦闘機が一八機、ダグラスＳＢＤ〝ドーントレス〟爆撃機とダグラスＴＢＤ〝デバステーター〟攻撃機が一九機ずつである。

すでに出撃していた索敵飛行隊《スカウトスコードロン》のドーントレスのうち、五機が合流に成功したため、総数は六一機となった。艦隊攻撃にはまずまずの勢力だと評価できよう。

だが相手が悪すぎた。索敵機との接触を許した南雲艦隊はありったけの零戦を上空にあげ、攻撃に備えていたのである。

この時、日本側の索敵機はまだ〈エンタープライズ〉を発見していなかった。本来ならば攻撃隊の護衛に従事するはずの零戦も、すべて防空戦に投入されていた。

総数は七二機。米海軍の攻撃隊を上回る数の零戦が手ぐすね引いて待ち構えていたのだ。

空母〈エンタープライズ〉攻撃隊は、その渦中に飛び込んでしまった……。

洋上飛行の習熟訓練を終えており、隊列を組んだまま敵艦隊に接近したことが、逆に災いした。艦爆も艦攻も一網打尽にされてしまったのである。

頼みの綱はワイルドキャット隊だったが、これまた苦戦は必至であった。

数的に不利なだけでなく、パイロットの腕前が違う。搭載機銃もＦ４Ｆが一二・七ミリ四挺であるのに対し、零戦は二〇ミリ機銃を積んでいた。命中精度はともかく、破壊力では零戦に軍配があがる。

それでもワイルドキャットは意地を見せ、零戦を振り回した。鈍重な雷撃機のデバステーターはすべて喰われたが、わずかな隙を衝き、急降下爆撃に成功したドーントレスもいた。

生贄に選ばれたのは〈蒼龍〉であった。

基準排水量一万五九〇〇トンの中型空母ながら、六〇機以上の搭載力と三四・九ノットという健脚をあわせ持つ優秀艦であったが、防御には若干の難があった。

甲板後部に突き刺さった敵弾は木造のそれをあっさり貫き、格納庫で炸裂したのだ。

飛行機は可燃物である。もしも九九艦爆や九七艦攻が詰め込まれたままであったなら、たちまち誘爆し、〈蒼龍〉の命運はその瞬間に尽き果てていただろう。

しかし、第二航空戦隊山口多聞少将に抜かりはなかった。彼は手持ちの〈飛龍〉〈蒼龍〉の二隻に対策を命じていたのだ。

空襲の公算きわめて大なり。全艦載機は速やかに発進し、空中退避に務めよと。

着弾時、〈蒼龍〉の格納庫は空っぽであった。

火焔こそ派手に吹き荒れたが、燃えやすい飛行機がない以上、すぐ下火となり、致命傷にはなり得なかった。

　ただし飛行甲板に大穴が生じたため、艦載機の着艦は無理だ。〈蒼龍〉は一撃で航空母艦としての能力を喪失したわけである。応急修理は始まっていたが、空襲下ではかどるわけもない。

　空襲は二〇分と続かなかった。多くの米軍機が翼をもがれ、生き残った機体も這々《ほうほう》の体《てい》で遁走に移った。

　南雲艦隊は敵機撃退に成功したのだ。

　そして追撃が始まった。上空退避していた〈蒼龍〉〈飛龍〉の艦攻と艦爆のうち、燃料に余裕のある機体が送り狼となって尾行を始めた。

　他の空母四隻も負けじと反撃準備に着手した。弾丸と燃料を消費した零戦が次々に着艦し、腹を満たしていく。

　回避運動で崩壊した輪形陣を立て直すべく、戦艦〈榛名〉と四隻の重巡は所定の位置へと戻っていった。一六隻の駆逐艦も外輪を固めるのに大わらわとなっていた。

　だからこそ気づかなかったのだ。別働隊が低空から虎視眈々《こしたんたん》と接近していることに……。

＊

「水平線に黒煙が見えたぞ。あれだ。敵の機動部隊だ」

　マーチンB26〝マローダー〟の隊長機で叫んだのは、第八二爆撃航空群《BG》副司令のデビット・マッキャンベル陸軍中佐であった。副操縦士のシートに座る彼は、操縦桿から両手を離したまま指示を送り続けていた。

「攻撃準備。連中の尻の肉を噛みちぎるぞ」

「ボス、そろそろ高度を下げます。海軍から渡された手引き書《マニュアル》には、雷撃高度は低ければ低いほど成功率は高いとありますから」

操縦桿を握るジョージ・T・サリヴァン陸軍伍長が返す。緊張の中にも怒りが込められているのをマッキャンベルは聞き逃さなかった。

「落ち着いてやるんだ。君にとっては兄弟四人を殺された復讐戦だが、合衆国陸軍にとっては軍事行動の一環にすぎないのだから」

「イエス・サー！」

サリヴァンは五人兄弟であり、全員が陸軍兵であった。兄弟はニューアーク空港に集《つど》い、新鋭機B26の搭乗員になれたことを喜び合っていたが、日本軍の空襲がサリヴァン兄弟を文字通り引き裂いてしまった。

長男のジョージ以外は全員が戦死し、B26も大半がやられた。稼働機は四機だけ。常識で考えるならば、反撃など無理である。

しかし、それでもマッキャンベル中佐は出撃を命じた。

海軍との連絡が不徹底で、日本艦隊の居場所さえわからないままであったが、B26は一・三トンの爆弾を抱き、一六一〇キロも飛べる。航続距離を生かし、捜索すればいいだけだ。

サリヴァン伍長は操縦桿を押しながら、

「それにしても俺たちはラッキーでしたね。味方空母〈エンタープライズ〉と遭遇し、戦闘機を出してもらえるなんて」

と言ったが、マッキャンベル中佐は冷徹に返すのだった。

「あまり幸運とは言えないぞ。海軍《ネイビー》がつついた後に飛び込むのだ。ジャップも警戒しているだろう。本当は真っ先に奇襲をかけたかったが、F4Fが道を間違えるとは。

海軍機でも単座ではできることに限界があるな。やはり大洋を戦場とするには、この〝襲撃者《マローダー》〟のような中型機が必要なのだ」

冷静に批評するならば、マーチンＢ26〝マローダー〟は欠点も散見されるマシンであり、双発中型爆撃機の完成形とは言いがたい。

設計の狙いは時速五〇〇キロ超えの高速爆撃機であり、二〇〇〇馬力の空冷Ｒ‐２８００発動機を採用することでその項目は満たしたが、重量の割に主翼面積が小さく、低空では機が沈みやすいという欠点があった。

つまり、着陸が難しいのだ。若干の手直しは行われたが根本的対策にはならず、ベテランパイロット以外には扱いにくい機体になってしまった。

折しもヨーロッパとアジアで戦雲が濃くなり、原型機なしで量産に入れという乱暴な命令が出された結果、Ｂ26は弱点を内包したまま、ロールアウトを余儀なくされたのだった。

陸軍上層部が強引なまでにＢ26を推したのは、雷撃も可能な万能機《マルチパーパス》であったからだ。またの名を器用貧乏とも呼ぶが、多用途に使えるマシンは予算不足に悩む陸軍航空隊にとって救世主のように思えたらしい。

また、海軍にとっても魅力的であった。雷撃の実績さえ積めば大量導入も検討するとマーチン社を焚《た》きつけ、増産に踏み切らせたのである。

最初に引き渡されたのは第二二爆撃航空群《ＢＧ》だ。サンディエゴに位置し、太平洋を睨《にら》むのが任務であった。

次に配備されたのがマッキャンベル中佐の第八

二爆撃航空群《BG》である。大西洋方面の危難に即時対応するための部隊だ。

　しかし、陸軍航空隊には洋上飛行や雷撃のノウハウが少ない。そもそも航空魚雷など一本も保有していないのだ。

　この状況を憂慮したのが、大西洋艦隊司令長官アイゼンハワー中将であった。彼はニューアーク飛行場を訪れ、Ｍｋ13航空魚雷の提供と合同訓練の実施を申し入れたのである。

　マッキャンベル中佐の部隊は、対艦戦闘の基礎訓練をいちおう終えていたのだった……。

「見つかった！　対空砲火が来ますッ！」

　敵戦闘機ばかり警戒していたが、接近するＢ26の編隊に気づいたのは水上艦であった。

　この時の相対距離は九五〇〇。編隊は高度一〇〇メートルから、さらに降下中であった。日本艦隊はレーダーを持っていなかったが、優れた見張り員が肉眼でキャッチしたらしい。

　相手は戦艦だ。シルエットから判断して〈コンゴウ〉型の一隻だろう。右舷の対空火器を総動員して、こちらの進路を塞ごうとしている。

　オレンジ色の火矢がいくつも飛来し、炸裂した。高角砲弾の洗礼である。

　マッキャンベル中佐は無線機に怒鳴った。

「全機に告げる。針路そのまま。編隊を崩すな。目標はあくまで空母のみ。ほかは雑魚《ざこ》と考えろ」

　言い終わらないうちに最右翼の四番機が至近弾を浴び、バランスを崩した。

　高度三〇メートルと超低空であったことが災いした。全幅一九・八二メートルの大型機は、翼端が波に触れると同時に横転し、そのまま海面で火柱に姿を変えたのである。

接近するB26を撃墜したのは〈三隈〉だった。

ロンドン軍縮条約の結果として完成した重巡は、片舷四基の八九式一二・七センチ連装高角砲を連射し、仇《あだ》なす敵機を屠ったのだ。

同型艦〈最上〉と〈赤城〉〈加賀〉の高角砲も続いた。特に自らが狙われていると判断した空母の怒りは凄まじかった。

この状況で新たな戦果を刻んだのは〈赤城〉の高角砲であったようだ。

「二番機被弾！　炎上中！」

マッキャンベルは思わず右後方を振り返った。

駄目だ。二番機は両方のエンジンナセルから火を吹き出している。

それが同時に爆発した。懸吊《けんちょう》しているMk13魚雷も誘爆し、衝撃波が隊長機を揺らした。

B26には一機あたり六名が乗っている。つまり一二名の部下がもう散ったわけだ。歯噛みするしかないマッキャンベルに、またしても面白くない報告が投げかけられた。

「三番機、魚雷投下！」

敵空母までは、まだ一八〇〇メートルもあった。この間合いでは命中は期待できない。マッキャンベルは一〇〇〇メートル以下まで粘れと厳命していたのだが、初体験に怖じ気づいたのだ。

退避する三番機を無視し、隊長機は進軍を継続した。距離一二〇〇まで接近した時、マッキャンベルは標的を定めた。

左舷に島型艦橋《アイランド》を持つ異形の航空母艦だ。

そのレイアウトから判断するに、〈アカギ〉もしくは〈ヒリュー〉だろう。

いずれにせよ主力艦であることに変わりなし。魚雷を叩きつける相手として不足はあるまい。

「進路維持に努めよ。距離七〇〇で投下だ」

マッキャンベルがそう告げた直後、眼前に閃光が走った。続いて、巨人の手で揺さぶられたかのような激震が隊長機を揺るがした。

至近弾を食らったのだ。B26は艦攻デバステーターよりも一回り大きい。当然、被弾率は高いと考えて然るべきであった。

「二番エンジン停止！　魚雷投下装置故障！」

爆撃手が泣き出しそうな声で報告した。まずい。これでは雷撃ができない……。

（もう国家の負託に応じられないのか。侵略者の魔手から家族を、兄弟を、同胞を、故郷の山河を守るための手立ては、もうないのか……）

いや、あった。

「サリヴァン伍長、操縦桿をもらうぞ」

副操縦士から機体を操る権限を横取りしたマッキャンベル中佐は、命令の域を超える命令を冷徹に伝達するのであった。

「すまんが皆の命をくれ。自由主義社会最後の砦たる合衆国のために、俺と一緒に死んでくれ」

*

「あの愚か者め。本艦へ突っ込んで来る気だぞ」

草鹿参謀長が憎悪の視線で敵機を睨みつけた。不幸にしてそれは現実を裏書きしていた。高角砲弾によって半死半生になりながらも、敵の中型爆撃機は〈赤城〉へと進撃を続けている。

空母〈赤城〉艦長の長谷川大佐が叫ぶ。

「右舷機銃！　弾幕薄い！」

ありったけの機銃弾が虚空にばらまかれたが、敵機の勢いを食い止めることはできない。

南雲は大いに悔いるのだった。零戦隊を降ろすのが早すぎた。

空中退避していた第二航空戦隊の艦爆と艦攻は、全機が送り狼に出撃しているが、護衛は皆無であった。零戦をすべて直掩に投入したことが仇となった。

だからこそ大車輪で零戦隊を着艦させ、補給を急がせていたのだが、その一瞬の隙を中型爆撃機に狙われてしまった。

南雲は右舷を睨んだ。一式陸上攻撃機を連想させる双発機が、燃え盛りながら肉薄してくる。

その操縦席で悪鬼のようなパイロットがこちらを睨んでいた。南雲の視線がそれを捉えた直後、未体験の衝撃が彼の全身に襲いかかった。

靖国神社へ旅立つ瞬間、南雲忠一は壮絶なまでの解放感を味わっていた。

*

「やられた！〈赤城〉がやられたぞ！」

野太い声を空母〈飛龍〉の艦橋に響かせたのは第二航空戦隊司令官の山口多聞少将であった。

彼は目撃したのだ。合衆国陸軍の新型双発爆撃機が、旗艦の島型艦橋に突入する決定的瞬間を。

「こいつはいかん。通信長、全艦に通達するのだ。〈飛龍〉はこれより航空戦の指揮を執る！」

短いが重要な意味合いの電文が機動部隊を駆け抜けた。それは山口の強烈な自己主張だ。

戦場に赴く限り、最高指揮官でも戦死は覚悟しなければならない。だからこそ指揮系統は厳密に定められている。

機動部隊では、南雲司令長官に万一のことがあった場合、次席指揮官である阿部弘毅《あべひろあき》少将が指揮権を掌握する手筈になっていた。

しかし、阿部は〈利根〉に将旗を掲げる第八戦隊司令官であり、航空戦には明るくない。空母に乗らずして空母戦を仕切ることは不可能だ。

さしでがましいようだが、こうした場合には率先して手をあげるのが好ましい。ぐずぐずしていると、第五航空戦隊司令官の原忠一《はらちゅういち》少将に負担を押しつけることになる。

大型空母〈翔鶴《しょうかく》〉〈瑞鶴《ずいかく》〉で構成された第五航空戦隊は、昨年秋に編制されたばかりであり、新参者の印象が強い。

また原少将も、必ずしも空母戦の専門家というわけではなかった。航空機の扱いに関しては山口に一日の長があるのだ。

山口は海軍兵学校では原より一期下だが、海軍大学校では同期である。同じ少将でも、指揮権移譲で揉める可能性は無視できない。

現代戦は一分一秒を争う。この場を仕切ると一方的に宣言した山口の決断は、身勝手な独断専行ではなく、機動部隊の命脈を保つ非常手段だったのだ。

すぐに〈翔鶴〉の原少将から返電が届いた。

『当方に異存なし。南雲司令長官の安否が確認されるまで、第五航空戦隊は第二航空戦隊の指揮下に入る』

残念だが、南雲中将が復帰する公算は低いだろう。改めて〈赤城〉の惨状を凝視した山口は、そう確信するのだった。

巨体に似つかわしくない小振りな艦橋は半壊し、見事に焼け焦げていた。飛行甲板に炎が燃え移らなければいいのだが。

やられたのは〈赤城〉だけではない。〈蒼龍〉は飛行甲板を、また〈加賀〉は喫水線下に被害を受け、戦力は目減りしていた。

しかし、山口多聞の闘志にはいささかの陰りもなかった。彼は置かれた状況を最大限に利用すべく、知恵をめぐらせ、頭を使っていたのである。

「空母〈翔鶴〉〈瑞鶴〉〈加賀〉に命令。直掩隊の発艦作業と並行し、攻撃隊を対艦装備で待機させておくように。二航戦の攻撃隊から情報が入りしだい、追い打ちをかけるぞ」

山口の命令はまさに立て板に水であった。新しい司令官の意志は明滅信号となり、全空母に伝達されていく。

「やはり、敵は〈エンタープライズ〉でしょうか。〈蒼龍〉艦爆隊が水平爆撃で直撃弾を与えたとの情報もありましたが……」

艦長の加来止男《かくとめお》大佐が異論を述べたが、山口は首を横に振るのだった。

「米海軍の修復能力は驚異的だぞ。陸用爆弾では飛行甲板を全損させることはできない。おそらく短時間で穴を塞いだのだ」

「もし陸上基地から出撃してきたとすれば、対艦装備が無駄になるのでは？」

「どのみち飛行場を叩くつもりはないよ」

「同感です。敵空母が見つからぬようであれば、対潜警戒を厳にしつつ、闇を利用して安全圏まで逃げ込みましょう」

「大西洋に安全圏などあるものか。グアンタナモ鎮守府に入港するまで肩の荷は降ろせん。それに闇は逃げ込むための幔幕《まんまく》ではないぞ。帝国海軍は夜戦を伝統としているではないか。

ヤンキーたちはこれくらいで諦めるほど腰抜けではあるまい。連中はあらゆる手段を投入してこちらを追い詰めてくる。潜水艦と空襲に続くのは、別領域からの刃だろう。

それを折らねばならん。この機会に大西洋艦隊を一掃してしまうのだ」

不敵にも山口はこう考えていた。

キューバに到着すれば小澤中将に指揮権を譲ることになるだろう。その前に、この身でなければなし得ぬ務めを終えたいもの。良き敵、ござんなれ……。

そんな覚悟を固めた山口の耳に、不穏な連絡が聞こえてきたのは数分後であった。

「第四駆逐隊司令有賀《あるが》大佐より報告。北西に艦影らしきものあり。確認に〈嵐《あらし》〉を派遣せんとす」

全天は雨雲に覆われており、水平線を見極めることさえ難しい。雲と海面の狭間に現れた何かを見出すため、駆逐艦〈嵐〉は舵を取った。

その十数秒後――。

「〈嵐〉より緊急電！　先ほどの艦影は敵。戦艦三隻が急速接近中！」

山口は軍帽をかぶり直すと呟《つぶや》くのだった。

「合戦準備。さて、忙しくなるぞ。日本にとっても合衆国にとっても、二月一四日はいちばん長い一日として記憶されるだろう……」

第二章　大西洋艦隊の落日

1　新鋭戦艦

ニューヨーク沖、南東四一〇キロ
一九四二年二月一四日、午後五時ジャスト

「ジャップを肉眼で確認す！　空母と戦艦を含む大艦隊！　空母は飛行機発艦中！」

BB-57〈サウス・ダコタ〉のブリッジに一報が流れるや、血気に満ちた乗組員らは感情を爆発させるのであった。

ハワイを奪い、西海岸を焼き、そしてニューヨークを空爆した日本人の首にナイフを突き立てる好機を得たのだ。これで興奮しなければ海軍軍人ではあるまい。

騒然とする一同をなだめるべき人物は正反対の行動を取った。艦隊司令長官は火に油を注ぐかのように、貴族的な口調でこう告げるのだった。

「諸君、やはり神は合衆国の味方であった。ここまでおぜんだてを調えてもらい、尻込みする理由などひとつもない。我らアングロサクソンは、文明の担い手として勝利せねばならん。あらゆる損害を無視し、黄色人種を殲滅《せんめつ》せよ。アトランティスの海底遺跡へジャップを蹴り込んでやれ！」

発言者はジョージ・S・パットン海軍少将であった。猛将の檄《げき》に一八〇〇名弱の乗組員は全員が燃え上がった。

「俺は命令する。最短距離で敵艦に肉薄し、復讐という崇高なる義務を果たすのだ！」

　戦運に見放されている現在、士気の向上は数少ない好材料だが、同時に危険な兆候でもあった。艦長のベンジャミン・ヴァンダーボルト大佐は、冷静さを失わずに言った。

「司令、風上は東南です。全速でそちらに向かいましょう」

　すぐさまパットンは海図に視線を走らせた。

「空母の頭を押さえつけるのだな。合成風力が得られない限り、重い艦攻や艦爆は発進できない。面白い！　やってみろ！」

　命令が下されるや、〈サウス・ダコタ〉の舳先《へさき》は大きく振れた。基準排水量三万七九七〇トンの鉄の獣は二四・五ノットで疾走し、日本艦隊との間合いを詰めていく。

　後続するのはＢＢ‐55〈ノース・カロライナ〉とＢＢ‐56〈ワシントン〉だ。

　旗艦〈サウス・ダコタ〉の前級であるが、三連装の四〇センチ砲塔を三基保有し、二七ノットを発揮可能な新世代の戦艦である。

　護衛には四隻の駆逐艦が同行していた。この七隻がパットン艦隊のすべてだった。巡洋艦や空母は皆無であり、当然エアカバーもない。冷静に分析すれば、出撃を見合わせるのが当然であろう。

　しかし、パットンには後がなかった。

　彼はすでに敗戦の将なのだ。なんとしてでも挽回しないと、二度と海上に出られなくなる。

　徹底した合理化と成果主義に貫かれた合衆国海軍は、敗残者にはやさしくないのだから……。

　一〇日前――つまり一九四二年二月四日は、パットンにとって忘れえぬ厄日となった。

コロンビアのトゥマコで日本戦艦部隊に挑み、散々に敗れたのだ。

戦艦三隻を沈められ、旗艦〈コロラド〉だけは生還できたものの、最終的にはパナマ運河を自らの手で破壊しなければならなかった。

呼び出される前に空路で帰国したパットンは、旧知の仲であったアイゼンハワーに懇願し、脅しをかけ、あげくには自殺さえちらつかせて、砲戦部隊指揮官の座をもぎ取ったのだった。

交渉相手がアイゼンハワーであったことが幸いした。彼は大局的に物事を見極めることができる政治家タイプの軍人であり、通例を無視してでもパットンを前線に出すべきと判断したのだ。

勝てばそれでよし。敗れても今度こそ厄介者の始末ができるだろうと……。

パットンがニューヨーク造船所に到着したのは二月一二日のことであった。

将旗を掲げた〈サウス・ダコタ〉は六〇日も就役予定を繰り上げて完成にこぎつけた軍艦であり、乗員の習熟訓練もお座なりであった。

それを四八時間連続の猛特訓で見違えるように戦力化したのは、パットンの戦術指揮官としての非凡さを示していよう。

演習の最中に舞い込んだのが、ニューヨーク空爆の一報であった。迷うことなく、パットンは艦隊を南へ向けた。戦艦三、駆逐艦四というアンバランスな編成を危惧《きぐ》する声もあったが、

「戦力比？　関係ない。たとえ筏《いかだ》一艘でも敵がいれば、これに向かうのが軍人だ。筏もなければ拳《こぶし》だけでも戦え！」

と一蹴した。乗組員も疲弊していたが、根性は折れていなかった。

パットン艦隊は一種の狂躁状態のまま、戦場へと雪崩れ込んだのだ。

「敵速二二ノット。隊列は乱れています。大型空母が何隻かスピードをあげ、東南東へ逃走中」

レーダー班からの報告にパットンは悪党めいた笑顔を見せるのだった。

「こいつは驚きだぞ。〝シュガー・ジョージ〟はそこまで見えるのかよ」

パットンが言ったシュガー・ジョージとは、水上索敵レーダー〝SG〟のことだ。この〈サウス・ダコタ〉には、ほかにも対空レーダーの〝SC〟が最初から装備されていた。

また、後続する〈ノース・カロライナ〉〈ワシントン〉も開戦直後に追加工事を行い、同等のレーダー装備を増設している。

これら三隻は電波戦艦と称しても差し支えないだろう。まだ一切の電探装備を持たぬ日本艦隊と比較し、敵の捕捉や弾着観測という点において、圧倒的なアドバンテージを有していた。

ヴァンダーボルト艦長は、西部劇に登場するガンマンのような笑みを見せてから、

「演習でご覧にいれた通り、調子がよければ我が砲弾の水柱さえ観測できます。本艦の砲術員の技倆に合格点はつけられませんが、それを補ってあまりある成果を約束しましょう」

と言ったが、パットンは甘い顔など見せない。

「ご託はいい。欲しいのは結果のみだ。距離三万二〇〇〇で撃て。標的は大型空母のみとせよ」

三基の四〇・六センチ三連装砲塔Mk6が右舷を指向した。次々に連絡が舞い込んでくる。

「総員戦闘準備。二五ノットを維持せよ」

「全門、徹甲弾装填。仰角三度あげろ」

「砲術指揮所、各砲塔オールレッド！」

準備万端を知らせる一報に、パットンは短く命じるのだった。

「撃《ファイア》て！」

途端に九門の主砲が吠えた。合衆国海軍の戦艦らしからぬ全門斉射《サルボー》であった。

五八秒が経過し、彼方に水の束が九つ生《は》えた。

火柱はない。つまり命中弾は得られなかった。

敵艦隊は水平線に張り出した黒雲に逃げ込もうとしている。早くも駆逐艦が展開し、煙幕を展開していた。肉眼で敵を確認できるのは、あと少しであろう。だが、パットンが怒りに身を任せることはなかった。砲術指揮所とレーダー班が好ましき報告をよこしたからである。

初弾が夾叉《きょうさ》したと。


「素晴らしいじゃないか。あとは確率の問題だな。発射速度を上げよ！」

興奮したパットンに急きたてられるかのように〈サウス・ダコタ〉は吠えた。吠え続けた。その闘志が結晶となったのは第三斉射であった。

「敵空母に直撃弾！　火災を起こしつつあり！」

敵弾を頂戴したのは〈加賀〉であった。

被雷で速度が落ち、二二ノットしか発揮できなかったことが命取りとなった。落伍したところを砲弾の餌食にされたのだ。

もともと四一センチ主砲一〇門を搭載する戦艦として建造された〈加賀〉は、空母としては過剰な装甲に包まれていたが、〈サウス・ダコタ〉の砲弾は脆弱《ぜいじゃく》な飛行甲板を貫き、格納庫で炸裂したのだった。

直撃したのは二発。それで〈加賀〉は溶鉱炉に姿を変えた。全艦が艶《つや》やかな朱色に燃え上がり、黒煙が周囲を渦巻いていく。

もはや沈没は時間の問題であろう。

「クソッ！　このレーダーとかいう玩具《おもちゃ》が一年早く完成していれば、グアンタナモ沖でジャップの戦艦部隊をなで切りにできたのに！」

現実を喜ぶよりも過去に拘泥《こうでい》するパットンに、ヴァンダーボルト艦長が告げた。

「イギリス本土失陥が痛すぎましたな。共同研究が流れたため、実用化が遅れたのです。開発スケジュールでは主砲射撃管制レーダーも実用化していなければおかしいのですが」

「それに小型化もな。SGのように大きく重いやつは戦艦にしか載せられない。駆逐艦や潜水艦にも装備せねばならんというのに。母港に戻ったら、すぐ上層部に開発のスピードアップをしろとねじ込まなければ」

パットンはそう言ってから、己《おのれ》がどれほど楽天家であるかに気づき、苦笑するのだった。

（これからいかに汗水たらしたところで、形になるまで半年や一年はかかる。それまで合衆国海軍に軍艦が生き残っているだろうか？　いや……我が合衆国そのものが存続しているだろうか？

海を障壁として安寧を勝ち得てきた俺たちは、外敵に対して無頓着すぎた。すべての負債が現代に生きる我らに押し寄せてきている）

自らの置かれた立ち位置を再認識するパットンだが、同時になすべきことにも行き着いた。

悪夢のような現実を一変させられるのは俺しかいないと。唯一の希望たるパットン艦隊の名前を永遠に戦史に刻もうと。

「燃えている敵空母はもういい。処分は駆逐艦に任せろ。砲門を無傷な艦に向けるのだ！」

パットン提督が怒鳴った直後、新たなる脅威が登場した。

「日本戦艦が急速接近中。一〇時方向、距離二万九〇〇〇。敵速三〇ノット以上！」

すぐさま双眼鏡を向ける。なるほど、大型艦一隻がこちらへ疾走中だ。パゴダマストの形状から判断して〈コンゴウ〉型だろう。

「敵は三六センチ砲。本艦は四〇・六センチ砲だ。勝ったも同然だな。〈ノース・カロライナ〉と〈ワシントン〉に連絡。あの敵戦艦は〈サウス・ダコタ〉が引き受ける！」

この時、〈サウス・ダコタ〉へとまっしぐらに突撃していったのは高速戦艦〈榛名〉であった。

速力は三〇・五ノット。四隻の〈金剛〉型戦艦のなかでも最速を誇る〈榛名〉は、我が身を楯にして空母群を逃がそうとしていた。

近代化改装が必ずしも奏効せず、やたらクセが強いフネだと評されていたが、艦長高間完《たかまたもつ》大佐は見事な操艦を続けていた。重巡〈那智《なち》〉でも艦長を務めていた高間は、高速艦の扱い方を十二分に心得ていたのである。

時刻は午後五時三五分。夕闇が迫るさなか、洋上の一騎打ちは〈榛名〉が先手を取った。

連装四基の三六センチ砲が八発の砲弾を次々に吐き出す。距離は二万七〇〇〇まで詰まっていた。この間合いで、しかも初弾で命中弾を与えたのは驚異的と評するしかあるまい。

しかも〈サウス・ダコタ〉はコンパクト化を主

眼に設計されており、全長は二〇三メートルしかない。つまり重巡洋艦なみのサイズなのだ。この小さな的を射貫いたのは、砲塔員の技倆の高さを示していよう。

残念だったのは、それが対空用零式弾であったことだ。戦艦相手なら徹甲弾で勝負を仕掛けたい場面だが、空襲の直後だったのが響いた。あらかじめ装填しておいた零式弾を撃たない限り、本命の徹甲弾は発射できなかったのである。

零式弾は〈サウス・ダコタ〉の後甲板で炸裂し、盛大な火花が散った。

もちろん、装甲を射貫く力などない。炎で炙《あぶ》っただけだ。戦艦の戦闘力を削《そ》げはしない。

ただし、無意味な一撃ではなかった。夕暮とはいえ火焔は目立つ。電探を持たない〈榛名〉にとって、それは絶好の目印となってくれたのだ。

もちろん無料ではない。敵弾という代価を支払わなければならなかった。それは〈榛名〉の後部煙突と後檣楼の狭間に落下し、死の歌を唄った。

爆発で煙突は根本から砕け散り、小振りな後檣楼も倒壊した。第三砲塔の基部は破壊エネルギーにかろうじて耐えたが、もう旋回は不可能だった。

すぐさま反撃が始まった。〈サウス・ダコタ〉の右舷中央に〈榛名〉の三六センチ砲弾が炸裂したのだ。

米戦艦は副砲を廃止し、対艦対空両方に使える三八口径一二・七センチ連装砲を採用していた。〈サウス・ダコタ〉はそれを片舷四基ずつ、合計八基搭載している。〈榛名〉が放った第三斉射は敵艦の右舷に位置する両用砲群を、根こそぎ粉砕してしまった。

火力がダウンしたのは戦力低下に直結するが、

それより痛手だったのは衝撃と爆風だった。

前檣楼に集中配備されていたレーダー群が作動不能となってしまったのである。

「レーダーがまともに動かないだと!? だったら距離を詰めればいいだろ!」

鉄の焼ける異臭に満ちるブリッジに、パットンは怒声を響かせるのだった。

「距離一万を切れば、仰角も俯角も気にしなくていい。直接照準で狙える。あとひと突きでジャップの戦艦を屠れるのだぞ! 損害に構うな!」

ヴァンダーボルト艦長はパットンの言葉にしたがうべく、進撃命令を下した。

命中弾を浴びながらも、まだ意気軒昂な敵艦を沈めない限り、〈サウス・ダコタ〉は守れないと判断したのである。

「機関出力マックス! 最大戦速!」

鞭《むち》をあてられた〈サウス・ダコタ〉は二七・五ノットまで一気に加速し、間合いを詰めた。このダッシュを〈榛名〉は読み切れず、その砲弾は虚しく海面に突き刺さるのみ。

そして〈サウス・ダコタ〉の第七斉射は、この殴り合いの決着をつける一撃となった。四〇・六センチ砲弾が日本戦艦のパゴダマスト中央に突き刺さったのだ。パットンは見た。紅蓮《ぐれん》の光が、小高い前檣楼に走る決定的瞬間を。

「神に感謝しようぜ。今の一撃で指揮系統は全滅だぞ。測距儀も木っ端微塵だ。もう満足な射撃は無理さ」

パットンの発言は正しかった。艦橋への被弾で高間艦長以下、首脳部は総員戦死していた。まだ生き残っている砲塔は、各個に射撃を続けていたものの、砲撃精度は見る影もない。

火災は尋常でないレベルとなり、傾斜も始まっている。〈榛名〉は死を迎えようとしていた。

パットンは勝利の余韻を味わうべく葉巻を取り出し、おもむろに火をつけた。いまだスペイン領であるキューバ産のそれは、海軍提督の給与でもおいそれとは買えないほどの高級品だ。

紫煙をたなびかせつつ、パットンは言った。

「フロリダ・ヴォイス紙の記者を乗せてやるべきだった。国民に戦勝の味を教えるには、やっぱり新聞がベストのメディアだからな」

それは奇妙な縁のあったドリュー・ピアソンをさしていた。パナマからPBYカタリナ飛行艇で脱出する時まで一緒だったが、敗北の言質《げんち》を取ろうとぶしつけな質問ばかり繰り返したため、帰国と同時に放逐していたのである。


ヴァンダーボルト艦長が淡々と進言した。

「もう敵戦艦は浮かぶスクラップです。これ以上の砲撃は弾の無駄遣いでしょう」

「そうだな。ヘビー級ボクサー同士の殴り合いは決着がついた。我らも空母追撃に加勢しよう」

「了解。ただし、日没後は早々に切り上げるべきかと判断します。夜戦は絶対に不利です」

「なぜだ？　気迫や根性を注入すれば、あらゆる困難は克服できよう」

「水上監視レーダーの〝シュガー・ジョージ〟《S G》が動作不良で、弾着観測が不可能だからであります。本艦の砲術員の技倆は、レーダーがあってこそのものです。敵駆逐艦が雷撃戦を挑んできたならば劣勢になります」

黙るしかないパットンであった。目視観測に頼ると命中弾が極端に少なくなるのは、四八時間の訓練の最中に思い知らされていたのである。

「仕方がない。では、星が見えるまでにジャップの空母を殲滅するとしようぜ。狩るべき獲物はまだ残っているか」

「はい。〈ノース・カロライナ〉〈ワシントン〉は〝艦橋なき空母《フラットトップ・ウィズアウト・アイランド》〟を痛撃し、大破させた模様ですが、他の四空母は逃走中です」

「艦橋なき空母だと？　空襲で傷ついた母艦がいたのか。それならば本艦は無傷の空母を狙い撃ちにしなければな。レーダーの復旧を急がせろ」

　パットンが命じた直後であった。耳をつんざく飛翔音が真上から降ってきた。

「敵機、急降下！」

　すべては遅すぎた。回避や対空射撃を命じる暇などなかった。戦艦〈サウス・ダコタ〉は頭上の敵に強打されたのである。

襲来したのは〈赤城〉飛行隊に所属する三機の九九艦爆であった。

　艦橋喪失と同時に南雲中将以下の指揮系統が全滅した〈赤城〉であったが、乗組員は持ち場で懸命に働いた。

　なかでも搭乗員の動きは素早かった。飛行甲板に損害は少なかったため、爆装を終えていた艦爆隊は次々に発進し、手近な敵艦に向かったのだ。

　パットンの〈サウス・ダコタ〉は砲撃戦に神経を集中しており、完全な奇襲となった。被弾で巻き上がった炎が絶好の目印だ。

　大戦艦といえども空襲に脆《もろ》いのは真珠湾で証明済みである。九九式二五番通常爆弾では撃沈までは追い込めないが、戦闘不能にはできる。

　九九艦爆三機は得意の急降下で襲いかかった。

右舷両用砲群が〈榛名〉の砲撃で沈黙しており、反撃はない。二五〇キロの爆弾は、三発とも艦橋構造物のすぐそばに叩き込まれた。

衝撃で〈サウス・ダコタ〉は身悶《みもだ》えた。

最悪だったのはアンテナが吹き飛ばされ、通信室が全滅したことだ。これ以降、パットンは明確な指示を僚艦に下せなくなってしまった。

だが、実際問題としては致命傷になり得なかった。指示を下すべき二隻の戦艦も、同様に空襲にさらされていたのだから。

山口少将の指揮の下、〈飛龍〉〈翔鶴〉〈瑞鶴〉の三空母を発進した九九艦爆が、〈ノース・カロライナ〉と〈ワシントン〉を攻め立てたのだ。

この二隻は同型艦であり、昨年四月と五月に完成したばかりだった。四〇・六センチ砲を九門も搭載した全長二二二メートルの中速戦艦である。

パットンの〈サウス・ダコタ〉と違い、乗組員の練度も高められている。

この二隻は〈赤城〉を追い回し、痛撃を浴びせていた。

逃げる〈赤城〉だが、すでに艦首脳はおらず、操艦は艦尾の舵取機室で行われていた。弱ったのが上甲板との意思疎通だ。どうしても伝達に時間がかかり、回避も単調なものに終始した。

これでは命中弾を頂戴しても当然であろう。

BB-56〈ワシントン〉の第五斉射のうち二発が命中し、飛行甲板は砕け散った。やがて船足も止まった。機関部にも火が回ったのだ。

それから一五分とせぬうちに、歴戦艦〈赤城〉は大西洋の奥底に引きずり込まれていった……。

沈み行く旗艦の仇を討ったのは、〈瑞鶴〉から発進した九七艦攻であった。

雷撃機は〝馬車屋〟と称されることからもわかるように、艦載機の中でいちばん重く、長い滑走距離を必要とする。発進が艦戦や艦爆の次になるのも仕方なかった。

腹に抱いているのは九一式航空魚雷改二である。安定板を装備した新式のそれは、荒天時でも正確な航走が期待できる。弾頭に二三五キロの炸薬を詰め込んでおり、破壊力は抜群だ。

九七艦攻は各個に雷撃を開始した。

すでに米戦艦は指呼《しこ》の間に迫っており、編隊を組む余裕などなかった。

残る日本空母を追撃していた〈ノース・カロライナ〉と〈ワシントン〉だが、敵機来襲と同時に回避運動に追われ、砲撃戦の継続は困難な状況に陥った。二隻は日本機の猛攻を食い止めるべく、必死に弾幕を張った。

数機を撃破したものの、数には勝てない。やがて喫水線下に厄災が訪れた。

まずは〈ワシントン〉がやられた。艦首付近で炸裂した航空魚雷は装甲を食い破り、盛大な海水流入をもたらした。

主要防御区画、いわゆるヴァイタル・パートでない部分を痛打されたわけである。艦首は腐ったバナナのようにささくれ、すぐに海没を始めた。速度を一八ノットまで落とし、とりあえず沈没は回避したが、この速度では逃げようがない。

一方の〈ノース・カロライナ〉だが、こちらはより深刻な状況であった。

命中魚雷は二本。それも艦尾に集中した。

スクリュー周辺は、推進軸の防御と船体抵抗の減少を狙うべく、ダブル・スケグという特殊な形状が採用されていたが、直撃には耐えられなかった。横に並べられた二枚の舵が爆発の衝撃で動かなくなってしまったのだ。

もはや〈ノース・カロライナ〉は、海上を弧を描いて旋回するだけの存在に落ちぶれた。これで回避は不可能だ。

半身不随となった〈ノース・カロライナ〉には九七艦攻が雲霞《うんか》のように押し寄せた。また、船足の落ちた〈ワシントン〉には九九艦爆が集中攻撃を仕掛け、両者とも十数分で朽ち果てる残骸にまで凋落してしまった。

特に〈ワシントン〉の損害は酷いものであった。上部構造物のすべては焼け焦げ、艦長以下、指揮系統は総員戦死。艦を仕切る者はおらず、無意味な航路を惰性で進むのみだ。

そして最期の時が訪れた。円を描くしか能のない〈ノース・カロライナ〉の左舷に、艦首とコントロールを失った〈ワシントン〉が衝突したのだ。二隻の同型艦は、互いの身に炎をたぎらせながら、海底へと巨体を沈めていくのだった……。

友軍の新鋭戦艦が衝突事故を起こし、炎上する様子はパットンの〈サウス・ダコタ〉からも望見できた。

誰もが悟った。もはやこれまでだと。

夕暮は去り、空には星々が輝き始めていたが、日本軍機はまだ単機でやって来る。そのたびに回避運動をせねばならず、敵空母との距離は開く一方であった。

「夜戦だ！　駆逐艦をかき集めろ！　燃料が尽きるまでジャップを追うぞ！」

過労死寸前の乗組員をよそに、ただひとり意気軒昂なパットンはそう叫んだが、もはや〈サウス・

ダコタ〉に戦う力は残されていなかった。

ヴァンダーボルト艦長は言葉を選び、説得する。

「我らは敵空母二、戦艦一を沈めました。これは開戦以来の大戦果です。大局的に見て、今は勝利を確定すべき場面ではないでしょうか」

「追撃を打ち切れというのか」

「敵空母はすでに水平線の彼方です。二七・五ノットしか出ない本艦では捕捉できません。それに通信機能の回復は不可能です。四隻の駆逐艦も消息がつかめません」

「ないない尽くしか。士気は？」

そう告げた直後、パットンは気づいた。艦長の表情が土気色《つちけいろ》になっていることに。

周囲の水兵たちも同じだ。四八時間の猛訓練の直後から実戦に参入したため、もはや立っていることもやっとの有様だ。ヴァンダーボルト艦長はなおも説得を続けた。

「本艦が沈めば、合衆国を守る者がいなくなってしまう恐れがあります。引くことにも勇気が必要なのは承知していますが、明日のためにも今日の屈辱に耐えなければ……」

パットンは、苦虫をまとめて噛み潰したような表情を見せた。艦長の言い分はまったくもって正しい。それが理解できたからこそ、よりいっそう現実が受け入れがたいものに変化していた。

「俺は古今東西の英雄のように、戦場で華々しく散る夢を思い描いていた。それさえ許されんとは、この世はまさに生き地獄だぜ……」

提督しか腰を降ろすことを許されぬ専用席にどっかりと座り込んだパットンは、まるで凱旋将軍のような口ぶりで、こう命じるのだった。

「針路西へ。ニューヨークに向かって進撃せよ」

2　ビッグＥハ沈マズ

ニューヨーク沖海域
同日、午後七時一五分

日米双方の海軍により〝ニューヨーク沖海戦〟と名付けられた殴り合いは、夜陰の到来と共に終焉を迎えた。

勝敗は微妙だ。互いが己の勝利を主張し、共に譲ろうとしなかったのである。

戦果と損害を勘案するならば痛み分けと評するのが相応しいが、次なる一手を模索する両陣営にとって、勝利を喧伝《けんでん》することは必要だった。

後世の歴史家は、これを合衆国海軍の戦略的な敗北だと評価している。一隻だけとはいえ、残存していた航空母艦を失ったため、これ以後の機動攻勢が不可能になったと。キューバのグアンタナモ鎮守府に対する攻撃手段のひとつを永遠に失ったのは、大きな痛手であったと。

しかし、〈エンタープライズ〉が死してなお影響力を行使し続けた事実は、あまり知られていない。

合衆国が、曲がりなりにも国家の体裁を保ち、〝大釜の七日間〟と呼称される復讐をなし遂げた背景には、この不滅の名を持つ軍艦の存在があったことを忘れてはなるまい……。

＊

『こちら第二機械室。海水流入が止まりません。退避の許可を！』

伝声管から悲鳴混じりの懇願が聞こえてきた。その声音《こわね》から判断するに、嘘偽りはなさそうだ。

「任務を放棄して退避したまえ。以後は身を守ることを優先して動け」

そう返事をした〝ビッグE〟艦長オード大佐は、無念そうに首を振りながら報告するのだった。

「残念ですが、本艦は浮力を維持できなくなりました。このままでは一〇分と経たぬうちに転覆します。提督、艦長として私は総員退艦を命じなければなりません。どうか両提督には、早急なるご退艦を願います」

左舷へと傾斜したブリッジで、片足を突っ張りながら立っていたマッカーサーは、苦渋の表情を遠慮なく見せた。その頬は火傷《やけど》で痛々しく歪んでいる。

「日本海軍機との対戦では生き延びても、海水との死闘には勝てなかったか……」

視線を、かつて飛行甲板が存在していた空間に注ぐ。そこは未開拓の荒野も同然だ。木造の滑走路はすべて焼け落ち、黒焦げになった格納庫が丸見えになっている。

当然だろう。直撃弾七発を喰らったのだから。

簡単に沈まなかったのは、〈ヨークタウン〉型の強靱性《きょうじん》と、〈エンタープライズ〉という軍艦が持つ運に左右される点が大であった。

喫水線下も派手にやられた。命中魚雷は四本。ただし右舷と左舷に二本ずつであり、浸水が同程度であったため、均衡は紙一重で保たれていた。

だが、海水の圧力は凄まじい。両舷のバランスを維持する最後の砦とされていた左舷の第二機械室が破られた以上、転覆は避けられまい。もはや艦を捨てる以外に選択肢はなさそうだ。

マッカーサーは静かに告げるのだった
「よく戦ったな。たった二隻の機動部隊が空襲を生き延びたのだ。これだけでも戦果と評して恥じ入る必要はあるまい。このビッグEは何か〝持っている〟ようだ……」

それは嘘ではない。〈エンタープライズ〉は祝福された軍艦と称すべき存在であった。

開戦初日、真珠湾を間一髪で脱出したこの航空母艦は、今日もまたついていた。

天候が味方してくれたのだ。

雨雲が常に上空に張り出し、敵の視線を封印したため、敵機に発見されるのは正午すぎとなり、時間が稼げた。空襲は絶え間なかったが、散発的なものに終始したのは、やはり雨雲に助けられたためである。

横からアイゼンハワーが言葉を繋ぐ。彼は着弾の衝撃で腰を打ち、青ざめた表情をしていたが、命に別状はない。

「幸運《ラッキー》という単語で片づけるべきではありません。すべては研鑽《けんさん》の結果だと私は評価します。提督の判断が正しかったのですよ。

まずは、攻撃隊に本艦への帰投を禁止したことが大きい。ひたすら西へと飛べば、どこに降りても合衆国だと搭乗員に言い聞かせたのは、本艦が損傷することを見越しての指示かと思っていましたが、実は送り狼をシャットアウトする秘策だったのですな」

「守りに徹する者が持つ数少ない強みを生かそうとしたまで。褒《ほ》められることではないですな。

それより、アイクに頼みたい。大西洋艦隊司令長官の名で、陸軍航空隊に謝意を伝えてもらいたいのだ。飛行場を融通してくれただけでなく、艦隊護衛にP38まで派遣してくれたからな」

「たったの六機だったがね。それでも長時間にわたる上空支援は効果的だった。もはや陸軍も海軍もない。我らは脅威を眼前にして、初めて和解できたのかもしれないな。

礼の件は心得たが、自分で言ったほうが気持ちが伝わるのではないですか」

「敗軍の将に感謝されても嬉しくはないだろう。それに俺は死に場所を得たのだ。死者が礼を述べることは無理な話だな」

マッカーサーは淋しげに続けた。

「アイク、どうか早く退艦してくれ。今なら間に合う。〈ラルフタルボット〉が無事だったのは、艦首脳を全滅させてはならんという天の意志だ。将旗を早くあの駆逐艦に移せ」

「いや……待ってくれ」

アイゼンハワー中将は眼を細め、対岸を睨むのだった。


「あの光は灯台らしい。もしやケープメイ岬ではないのか？」

この時、〈エンタープライズ〉はフィラデルフィア市を目指していた。デラウェア川を遡行したそこには海軍工廠があるのだ。

そして、ケープメイ岬はデラウェア川の河口に位置していた。つまり陸地が近いことになる。

オード艦長の罵声《ばせい》が飛ぶ。

「航海長、航路計測に重大な不備があるぞ。距離はまだ八〇キロ以上あるんじゃないのか。給料分の仕事はしろ！」

怒りのなかにも希望が内包された口調であった。

マッカーサーも反射的に怒鳴る。

「夏であれば海水浴客で賑わう砂浜が、すぐそこにあるぞ。艦を沈めるな！　合衆国市民の財産たる〈エンタープライズ〉を沈めてはいかん！」

冷静なアイゼンハワーさえも興奮していた。

「本艦の生存は合衆国の生存に直結する。各員、いっそう奮励努力せよ！」

不意に現れた希望に、艦も人も一丸となった。防水区画に新たに木材が運ばれ、突っ張り棒が強引に差し込まれた。単なる文鎮となった高角砲塔が切断され、海中に放棄された。

各員がそれぞれの部署で一滴でも海水が浸入せぬよう、限界まで知恵と工夫を凝《こ》らした。

動くスクリューは一軸のみ。速度はわずかに七ノット。

駆逐艦〈バグレイ〉型五番艦の〈ラルフタルボット〉は、すでに牽引索を接続しており、一〇倍以上の排水量を持つ空母を力任せに引いていた。もし〈エンタープライズ〉が沈めば、自らもまた海底に引きずり込まれる危険など無視していた。

そして尽瘁《じんすい》は結果を呼んだ。

CV‐6〈エンタープライズ〉は、危機一髪のところで遠浅の砂浜に艦首をめり込ませ、座礁に成功したのである。

偉大なる〝ビッグE〟は沈むことを拒絶し、意味のある座礁をなし遂げたのであった……。

3　援軍艦隊

ニューヨーク沖、南東七五〇キロ
一九四二年二月一五日、午前一時三〇分

「稼働可能機の集計が出ました。四空母の総計で一九四機であります」

旗艦となった〈飛龍〉の艦橋で、そう報告したのは飛行隊長友永丈市《ともながじょういち》大尉であった。

「内訳は？　零戦は何機残った？」

いまだ航空戦の指揮を執り続けている山口多聞少将の質問に、友永はすぐさま応じた。

「零戦が七二機、九九艦爆が八一機、九七艦攻が四一機。修理可能なものが十数機はありますが、戦力になるまで時間が必要かと思われます」

それだけか。予備機を入れれば四〇〇機を軽く超えた南雲機動部隊は、たった一日の戦闘で半減したのか。

「艦攻の被害が大きいな。今後予定される対地攻撃では、水平爆撃が主力となろうに……」

友永大尉も無念そうに告げた。

「やはり〈赤城〉〈加賀〉の沈没が響きました。あの二隻と南雲司令長官さえ無事であれば、我が機動部隊は世界最強の異名をほしいままにできたものを……」

それは事実の羅列にすぎない。山口は報告から希望を読み取ろうとしていた。

（一二〇機以上の搭載能力が失われた。この先の艦載機運用計画は根本から見直す必要があるだろう。攻勢はしばらく無理だ。

ただし、搭乗員の戦死者は意外に少なかった。これは不幸中の幸いだな。帰投時に母艦が満杯で不時着水した機はかなりいたが、駆逐艦が〝トンボ釣り〟に精を出してくれた。機体さえ新調すれば、戦力再建はできよう。

だが日本は遠い。米戦艦と空母を痛打した現状では、内地との距離が最大の敵となる……）

瞑目して考えをめぐらせる山口は、やがてその分厚い眼を開かせることになる。

妙案を発見したためではなかった。見張りからの急報が耳朶《じだ》を打ったのだ。

「九時方向にマスト二本！　距離二万五〇〇〇！」

一斉に全員の視線がそちらに向けられた。山口もだ。しかし、闇夜でも見えるよう鍛え抜かれた見張りの瞳とは違い、彼の眼には何も見えない。

その直後であった。蒼と赤の光が夜の海に煌《きら》めいた。豪胆なのか暗愚なのか不明だが、明滅信号を相手が点《とも》したのだ。

「敵味方識別信号、確認。西班牙《スペイン》艦隊です！」

＊

「返信を確認。日本艦隊に間違いありません！」

航空母艦《ポルタアビオネス》〈デダロ〉のブリッジに万歳《アリーバ》の歓声が満ちていく。スペイン語の意味はよくわからなかったが、江草隆繁少佐にも吉報が届いたことだけは認識できた。

通訳のマクシミリアノ・ハポン中佐から子細を耳にするや、江草は頬を緩めるのだった。

「さすが山口少将だ。度胸がある。敵潜が隠れているかもしれない海域で明滅信号を出すとは」

連絡将校のハポン中佐が自慢げに言った。

「この〈デダロ〉艦長のルイ・ゴンザレス・ウビエタ大佐も良い度胸をしているでしょう。私の進言にしたがい、敵味方信号を発信してくれたのですから」

味方撃ちという最悪の危険を回避するには、ほかに手立てがなかっただけである。半ば破れかぶれの決断だったわけだが、熱気に水を差すような真似はできない。

江草は素直に感心してみせるのだった。

「スペインの勇敢な騎士と日本の豪放な侍が大西

洋で握手をした。まさに歴史的快挙だ。その現場に居合わせたことを誇りに思うよ」

江草が〈デダロ〉に着艦したのも、半ば破れかぶれの選択の結果であった。

空母〈蒼龍〉艦爆隊長の彼は、〈エンタープライズ〉攻撃機の送り狼に出撃したものの、敵影の発見に遅れを取った。

米艦載機は日本機を母艦に道案内する愚を悟り、東海岸の随所へと逃走したのだ。

限界まで敵空母を捜索した江草は、雨雲の中を逃げる〈エンタープライズ〉を発見し、幾分かの後悔と共に急降下に挑んだ。

米海軍の補修能力は驚異的だった。今朝方、陸用爆弾とはいえ命中弾を与えたのに、まるで何事もなかったかのように航行している。あの時、無理をしてでも攻撃を命じるべきだったか……。

江草機は二五〇キロ爆弾を艦中央に叩き込んだものの、致命傷にはならなかった。護衛のP38に追われ、逃げまわるうちに航空燃料が尽きた。

自爆するのに相応しい海面を模索する江草は、洋上にスペイン機動部隊を発見し、九死に一生を得たのであった。

空母〈デダロ〉の飛行甲板は一九〇メートル。〈赤城〉や〈蒼龍〉と比較すれば小さいが、グアンタナモ鎮守府配備の〈龍驤《りゅうじょう》〉より大きい。

設計はイギリスだが、着艦誘導システムは艦載機購入の際に日本海軍から技術指導を受けており、違和感は皆無だ。

超ベテランの江草少佐にとって、着艦など雑作もない話であった。

「エグサ少佐《マヨル》、ヤポン艦隊との合流はうまくいきますかな」

カリブ海艦隊司令長官のマニエル・ビエスタ少将が、ハポンを通じて訊ねてきた。

「大丈夫です。〈デダロ〉および〈イカロ〉には九七艦攻が一八機、九九艦爆が四機も着艦しているのですから。これだけの戦力を置き去りにするほど、現在の日本機動部隊に余裕はありません。山口少将は必ず合流を提言してくるはずです」

江草は自分の決断と行動に満足していた。

九九艦爆で〈デダロ〉に着艦すると、すぐ燃料補給をすませて発艦し、帰路を見失った味方機を誘導したのだ。空母〈加賀〉の艦攻が多かったが、他の母艦の機も少なからずいた。

空母〈デダロ〉型は、イギリスが計画していた〈ユニコーン〉型の廉価版である。正式には航空母艦ではなく、航空機補修艦とでも呼称するほうが適切だ。

艦載機の定数は三六機だが、格納庫は二段になっており、無理をすれば倍近い数を収容できる。露天繋留された機もあったが、飛行甲板の運用に支障はない。

江草は脳裏で算盤《そろばん》を弾いていた。

（艦攻が空母一隻分増えるのであれば、話はだいぶ変わってくるぞ。少なくとも内地から第二陣が来るまでの繋ぎにはなるだろうさ）

その時、飛行甲板から連絡が入った。連絡機として攻撃機《アケタ》96の用意ができたという。それは日本から輸入した九六艦攻なのだ。

ビエスタ少将が、すぐさま言った。

「無事に帰投されることを祈っております。我がカリブ海艦隊は空母二隻のほかに、重巡一、軽巡

三、駆逐艦九隻が健在です。対潜作戦の訓練は十二分に積んでいる点を、ヤマグチ提督に伝えていただきたい」
空母が二二ノットという鈍足であるため、またしても戦場後方に置き去りにされる危惧を恐れているのだろう。

飛行帽をかぶり直し、敬礼をしてから江草少佐は答えた。

「しかと承りました。スペイン艦隊が強い共闘の意志をお持ちである事実を、必ず山口少将に伝達いたします。

キューバを〝遠すぎた島〟にしないためには、スペイン空母の助勢が必須。その事実はいささかも揺らぎません」

江草は本心からそう思っていた。形はともあれ、スペイン王国は聖戦に参加する意志を表明している。合衆国への正式な宣戦布告も近いと考えていいだろう。

それに比べて、友邦ドイツは何をもたもたしているのか？　欧州の覇者は、新大陸の覇者となる覚悟はないのだろうか？

4　未知との遭遇

ニューヨーク港沖合五キロ
一九四二年二月一五日、午前五時三〇分

悪夢の聖バレンタインがようやく終わり、二月一五日の朝日が昇り始めた頃――。

BB‐57〈サウス・ダコタ〉はニューヨークへと這うように戻って来た。

発揮速力は一二ノット。損傷もさることながら重油が底を尽きかけており、それ以上の加速は困難であった。

日本戦艦〈榛名〉との撃ち合いでレーダーを全損し、右舷両用砲も破壊された。主砲だけはまだ無事だが、もう照準はままならない。

その後も小癪《こしゃく》な日本機は単機で襲来し、左舷中央に魚雷を一本を命中させていた。〈サウス・ダコタ〉は重油の帯を流し、左へ傾いたまま、なんとか港にたどり着こうとしていた。

大破といって差し支えない有様だ。誘爆と火災で電気系統がほうぼうでやられ、通信系統も回復していなかった。

護衛に駆逐艦〈ベンソン〉〈メイヨー〉の二隻が寄り添っていたが、空爆でも雷撃でも砲撃でも、あと一発で戦闘不能に追いやられよう。まさしく青息吐息である。

「リバティ島が見えますぞ。どうやら逃げ切ったようですな」

ヴァンダーボルト艦長が深く息を吐き出しながら言ったが、パットン少将は瞳を血走らせたまま怒鳴った。

「自由の女神はどこだ！　空爆でやられたというニュースは本当だったか。あの像はニューヨークを訪れる船乗りにとってシンボル以上の意味を持っているのに……」

「ラガーディア市長にかけあい、再建計画を練りますか。共和党の人間ですが、以前から枢軸との対決を声高に叫んでいます。女神像の残骸が敗北の象徴となる前に、手を打つべきです」

「彼は七年間も市長を務め、ナチス嫌いで知られているしな。ただ現状では、阻塞《そさい》気球でも揃えたほうが建設的かもしれん」

パットンはふと言葉を切った。切らざるを得なかった。視界の一角に見慣れぬ巨艦の姿を認めたからであった。

その数は二隻。合衆国海軍の軍艦ではない。

「敵戦艦二隻！　マンハッタン島の手前を低速で航行中！」

見張りの報告に、ヴァンダーボルト艦長も震える声音で続けた。

「もはや世の終わりだ。あれは〈ティルピッツ〉と〈レパルス〉ですぞ」

残っていた癇癪玉《かんしゃくだま》をすべて破裂させる勢いでパットンは叫ぶ。

「ナチとライミーの戦艦が、どうしてニューヨークにいるのだ！　まさかフロリダの無政府主義者に乗せられて、ラガーディア市長が無防備都市宣言でも発表したんじゃあるまいな。

ええい！　面倒だ。実力をもって敵勢力を排除せよ。戦闘準備！」

捨て鉢気味のパットンの命令を、ヴァンダーボルト艦長は明確に拒絶した。

「無理です。伝声管も艦内電話も満足に動かない状況では、命令の伝えようがありません。それに乗組員をご覧下さい。本艦にはもう戦う力は残されておりません」

言わずもがなであった。ようやく帰着したと思った瞬間、土壇場で生還の芽を摘み取られてしまったのだ。ブリッジに詰めている部下も、全員が肩で息をしていた。ショックのあまり泣き出している者もいた。

パットンは、まだ未成年と思われる水兵の肩をつかみ、大声で恫喝する。

「泣くな！　貴様に伝令を命じるぞ。Ａ砲塔まで走れ。各砲塔の独自の判断で敵艦を撃てと伝えるのだ！」

だが、その水兵は糸が切れた操り人形のように、力なく膝から崩れ落ちるのだった。

「無理であります。もうこれ以上、砲声を聞くのは精神が耐えられないのであります……」

「なにが精神だ！　こんな泣き虫野郎は俺のフネにはいらん！　誰か、こいつを海に叩き込め！」

その命令にしたがおうとする者はいなかった。艦長でさえ、パットンに背を向けている。

「貴様たちはなんだ！　侵略者の慈悲にすがれとでも言うのか！　俺は断じて断るぞ。我らに可能な行動のうち、もっとも望ましいのは勇者のように倒れ、滅びの美学を完結させることだ！」

「敵艦より発光信号。英語です！」

新たな報告に一同は再び双眼鏡を構えた。なるほど、〈ティルピッツ〉と思しき軍艦のマストに光が煌《きら》めいている。モールス信号だ。

それを文章に置き換えれば、次のようになるだろう。

《本艦ハどいつ海軍戦艦〈てぃるぴっつ〉ナリ。当方ニ交戦ノ意志ナシ。貴艦ノにゅーよーく入港ヲ歓迎ス。我ラハ言論ニテ、新大陸ノ新秩序ヲ構築セントスル者ナリ……》

第三章　最後の講和工作

1　渦巻く隠謀

一九四二年二月〜五月

『……一九四二年（昭和一七年）二月一五日から五月二七日。この一〇〇日間は、不自然なまでの安寧が合衆国全域を包み込むことになった。

楽観主義者はこれで安寧が近づいたと考え、悲観主義者は殲滅戦の前兆の静けさだと信じた。

後世の歴史家たちは、若干の揶揄《やゆ》を込めてこう呼んでいる。〝第二次まやかし戦争《セカンド・フォーニー・ウォー》〟と。

一九三九年九月から翌年五月まで英仏連合とドイツ軍が西部戦線で睨み合った〝まやかし戦争〟の二戦目、というわけだ。

第一次まやかし戦争は、陸戦と空戦こそ行われなかったが海戦は勃発した。Uボートによる通商破壊戦や、ポケット戦艦〈アドミラル・グラフ・シュペー〉の劇的な最期が、その例としてあげられよう。

しかし、今回のまやかし戦争は違った。陸海空とも無気味なまでの沈黙が、北米大陸の全戦線において強要されたのであった。

単純に平和が到来したのではない。水面下では実戦以上の凄まじい駆け引きが行われていた。

日米独英加西の各国首脳は、互いの野望と保身とを秤《はかり》にかけ、ここは引き鉄《がね》を先にひいた側が不利と判断したのである……。

もっとも非戦に尽力したのは、当然ながら合衆国大統領ウェンデル・L・ウィルキーであった。

亡国の危機に直面したウィルキーは、時間こそ最大の味方であると正しく認識していた。それを稼ぐためであれば、悪名を進んでかぶる行為も辞さないと覚悟を固めていた。

だからこそニューヨーク港に英独の戦艦を招き入れるという暴挙さえ是としたのだ。

大統領命令が下されたのは、二月一四日の午後とされている。

陸海軍に英独連合艦隊への攻撃禁止が通告されたが、戦艦〈サウス・ダコタ〉に乗るパットンはそれを把握していなかった。通信機器が故障していたためだが、結果的に予期せぬ交戦は間一髪で避けることができた。

ニューヨーク市長フィオレロ・ラガーディアはこれに猛反対し、州軍と警察を動員して英独戦艦の武装解除にあたると息巻いたが、無言で砲門を向ける巨艦の前には膝を折るしかなかった。

アドルフ・ヒトラーは、ここに完璧な砲艦外交をなし遂げたのである。欧州の覇者たる第三帝国総統は、合衆国に対する正式な宣戦布告を通達しておらず、立ち位置は非常に微妙であった。

日独伊西の四国軍事同盟が機能している以上、いつドイツが牙を剥《む》いても不思議はない。狡猾《こうかつ》なヒトラーは開戦のタイミングを見定めようとしていただけ。そんな評価があたかも真実であるかのようにひとり歩きしているのは、歴史家として看過できない。

さまざまな資料と証言を突き合わせるに、ヒトラー総統は本気で合衆国との講和を思い描いていたらしいのだ。

平和と繁栄を欲したからではない。望蜀《ぼうしょく》と嫉視《しっし》の結果であった。一九四二年三月の聖パトリックの日に、ヒトラーはバッキンガム宮殿でこう発言している。

「新大陸を東洋人に征服させるほど余は無謀でも聖人でもないぞ。それは、合衆国を独立前に逆戻りさせる愚挙だと信じる。

これは危機であり、同時に好機でもあることを理解せよ。混沌たる大地に秩序をもたらすのは、やはりヨーロッパ人のみ。それもイギリス人だけに許された特権だ。たとえ全植民地を失おうと、合衆国を再び属国とすれば、釣りがこよう！」

一聴すれば、独裁者の妄言に聞こえるかもしれないが、行間をよくよく吟味すれば、ヒトラーの意志が看破できる。

彼は自らが音頭を取って日米講和を実現する気であった。合衆国に恩を売って、半年から一年の時間を作りだし、その間にカナダを自陣営に巻き込む腹づもりだったのだ。

東海岸に戦艦〈ティルピッツ〉〈レパルス〉を派遣したのは、その地盤固めであった。

ヒトラーにそれを決意させたのが、二月一〇日のフロリダ・ヴォイス紙に掲載されたセンセーショナルな記事だ。

以下、その一部を掲載しよう。

《合衆国停戦か!?

領土割譲の大スクープ！

好戦主義者たるウィルキー大統領が、対日戦役で連戦連敗を重ね、無能な指導者たる己を惜しみなくさらけ出していることは、読者諸兄もご存じのはずである。

これ以上、無益な戦いを続けたところで罪なき青年たちの血が無駄に流されるだけ。本紙は常々辞職を勧告してきたが、ミスター・ウィルキーは恥知らずにも大統領の椅子にしがみつき、手放すことを拒絶している。

だが、閣下もようやくにして現実を受け入れる準備を始めたようだ。またしても本紙は信頼すべき筋から極秘情報を入手することに成功した。

ワシントンDCは日本に講和を申し込むべく、水面下で調整に入った。

条件として、ハワイとアラスカの譲渡に加え、西経一二〇度を国境とし、西海岸を割譲する案が東京へ伝えられたらしい。

これは和議ではなく、実質的な敗戦だと考える向きもあろうが、本紙は平和への勇気ある決断を評価したい。

これで戦争は終わる。戦死者をこれ以上出さぬためなら、多少の出費も仕方がない……》

結果から記すならば、これは根も葉もない飛ばし記事にすぎず、フロリダ・ヴォイスは二ヶ月後に訂正記事を一面に掲載し、全米の批判を浴びた。

ただし、二月の時点ではそれなりに信憑性があると考えられ、ワシントンは火消しに必死となった。西海岸の住民たちは疎開に一段と力を入れ、混乱の中で少なからぬ死傷者も出た。

合衆国の慌てふためく様子を睨んだヒトラーは無視してよい状況ではないと判断し、目に見える形での威圧を望んだ。

それこそが英独戦艦の派遣であった。

直接、ニューヨークに送り込んだわけではない。まずはカナダのノバスコシア州ハリファックスに二隻を向かわせた。

カナダは他の英国連邦と同様、グレート・ブリテン島失陥の直後に独立を表明していた。これは独歩の精神が昂じた結果というよりも、厄難を避ける意味合いが強いものであった。

完敗したイギリスと距離を置かなければドイツの干渉を受けること必定であったためだ。

時のカナダ首相マッケンジー・キングは、イギリス亡命政権のアトリー臨時代表と国王ジョージ六世をトロントに迎え入れてはいたが、それは苦渋の決断であった。

あまり無下《むげ》にすると、合衆国政府を立腹させる可能性が高い。ウィルキー大統領はかねてよりイギリス支援を公式に表明していたためである。

そんな折りに、ヒトラーが戦艦寄港を要求してきたのだ。

拒絶する権利などあるはずもない。相手は露骨に脅しをかけてきた。四半世紀前のハリファックス大爆発を再現することは、当方としても本意ではないが、その気になれば雑作もないぞと。

第一次大戦のさなか、この軍港は惨劇を経験していた。フランスとベルギーの貨物船が衝突し、積載されていた火薬に引火したのだ。市街は半壊し、死傷者は一万人を超える惨事となった。

キング首相はその悪夢を記憶しており、政治的判断で〈ティルピッツ〉と〈レパルス〉の寄港を許可したのである。

彼は自由主義者であると同時に現実を重視する男であった。二〇世紀なかばの政治家らしく、謀略を好み、密室で方向性を決定することを好んだ。

過去にはヒトラーの立場に理解を示すような発言さえ口にしていたほどだ。

記憶力がけた外れなヒトラーは、キングの発言を一字一句記憶しており、味方に引き込める相手と判断した。

総統は親書を送り、懐柔を企んだのだった。

「貴国カナダの微妙なポジションは承知している。英連邦という悪しき伝統と、合衆国という実在の脅威に挟まれたならば、余でさえ躊躇《ちゅうちょ》しよう。

だが、決断しなければならぬ時が来た。死に体の英連邦に義理だてすれば、合衆国と運命共同体になってしまう。その現実を理解すべきだ。

貴殿が旗幟《きし》を鮮明にしなければ、賢明かつ頑迷なカナダ国民は二つに割れよう。隠しても無駄だ。すでにケベック州の一部で自治を求める動きが出ているこ とは、我が諜報部がつかんでいる。

貴国が内乱の危機に陥ったならば、貧弱な軍や警察では鎮圧などできまい。混乱に乗じて合衆国が侵攻する危惧さえあるのだ。かつて米国議会は無遠慮に征加論を唱えていたではないか。

英独はカナダの危機を看過できない。余はすでにマンシュタイン将軍に命じた。大西洋を渡る準備に入れと。

我が精鋭を受け入れるか否かは、すべて貴殿の決断ひとつにかかっていよう」

脅迫にも等しいメッセージを送りつけたヒトラー総統だが、裏を返せば焦《あせ》ってもいたのだ。

理由は明白。日本軍の進撃が予想外のペースであったためである。

国防軍最高司令部《OKW》はハワイ占領さえ不可能だと報告していたが、現実はどうだ。西海岸攻撃からパナマ運河の無力化を経て、日本海軍は大西洋へ進出しようとしているではないか。

見事なソ連挟撃を成功させた日独であったが、前線部隊が直接握手をする機会には恵まれず、軍上層部も本格的な協同作戦会議を共催することは、ついに一度もなかった。

南雲機動部隊の地中海通行と燃料補給には便宜を図ったが、日本海軍は戦略目標を明かそうとはしなかった。やはり東京とベルリンの距離と温度差が足枷《あしかせ》となったのだ。

地球儀を睨んだヒトラーは、日本軍がフロリダ半島に上陸すると読んだ。

日本海軍が根拠地にできる軍港はキューバだけなのだ。本気で東海岸を攻めるのなら、距離的にフロリダが妥当であった。

防備態勢もお座なりだ。新しい州知事D・W・グリフィスは防衛にはまるで無関心だった。

フロリダ半島から基地を撤廃する。最低でも州外に移転させる。それがグリフィスの選挙公約《マニフェスト》であった。カリフォルニアの講演会でそれを声高に叫び、左派の組織票を丸ごと頂戴した彼は、無事に当選を果たした。

もっとも、中央政府の管轄下にある陸海軍基地や飛行場を一夜で全廃できるはずもない。戦時中ならばなおさらの話である。約束を守れと自称平和団体が暴れ出したのも肯けよう。

グリフィスの発言は、安易なリップサービスにすぎなかったのか？　できもしない餌で選挙民をたぶらかしただけだったのか？

答は、ノーである。

事実上の無防備宣言を発したグリフィスだが、彼は相当な役者であった。かつてハリウッドで監督として鳴らした経験から、大衆を操る手練《しゅれん》をマスターしていたグリフィスは、現実世界をディレクションする野望を燃やしていたのだ。

　その駒となったのがフロリダ防衛軍総司令官に任命された陸軍中将ウィリアム・F・ハルゼーであった。

　この二人は彼らなりの愛国心から、合衆国に荒療治を施そうと欲したのである。

　筆者には、必要以上にヒトラー総統を称賛する気などないが、その慧眼《けいがん》ぶりを指摘せねばならぬのであれば、グリフィス州知事の野心を見抜いたことを指摘すればよかろう。

「フロリダは合衆国離脱を画策している。これは南部連合《ディキシー》の復活にほかならない！」

　ドイツは対外工作において工作機関と諜報員を活用し、数々の成功を収めていた。

　ソ連弱体化の第一歩となった赤軍大粛清の影にドイツ国防軍情報部《アプヴェーア》が蠢動《しゅんどう》していたのは有名な話である。モスクワ陥落後、冬将軍の到来と同時に裏面工作は新たな段階に入った。

　中央アジアの少数部族に援助を行い、ソ連残党との離間を謀ったのだ。これで民族自決の動きは一気に加速し、逃亡した赤軍勢力は四分五裂になった。ヒトラー総統は夏を待たずして東部戦線の消滅を確信するに至った。

　同じことを新大陸で行えばよいだけだ。幸いにしておぜんだてはできている。仮想敵国の混乱は我が方にとって望むところ。大国は崩れ始めると早いことは、ソ連が証明してくれたではないか。

　だが、しかし――。

　ここで日本軍がフロリダに上陸すれば、すべてが水泡に帰してしまう。独断専行ばかりの同盟国に待ったをかけるべく、ヒトラーは合衆国に干渉を始めたのだった。

もっとも朝令暮改を恥とも思わぬ総統は、その決意すら簡単に違《たが》えることになるのだが……。

もう片方の雄である日本だが、戦況は決して楽なものではなかった。

彼らが合衆国本土上陸の計画に奔走していたのは事実である。陸海軍を問わず、聖戦の遂行こそ皇軍の義務だと叫ぶ者は多かった。

しかし、日本軍人のすべてが好戦的右翼だったわけではない。攻勢限界点を無視して東海岸を侵すのは無謀だと主張する常識派も少なからずいた。

その急先鋒に立つ人物は、連合艦隊司令長官山本五十六大将であった。

実戦部隊を率いる彼は、敵国の底力をよく承知していたのである。五万や一〇万の兵力を上陸させたところで、合衆国を屈服させるのは無理だと。どうあがいても最終的に派遣軍は撤退することになると。

ここに大いなる矛盾が生じる。本土上陸に反対している山本であったが、その準備を牽引したのもまた彼なのだ。

山本の真意はどこにあったのか？　それを知るには過去の発言を分析するしかない。そうすれば意図がおぼろげながら見えてくる。

つまるところ、山本五十六は合衆国に武威を存分に示し、米国市民の戦意を喪失させることを望んだのだ。太平洋戦争を投了に導くには、ほかに方法なしと。

ニューヨーク空爆もその一環だった。東海岸の主要都市とはいえ、ここを叩いても軍事的な意味は薄い。それでもあえて冒険に挑んだのは、民衆にショックを与え、厭戦気分を蔓延させることにあった。

だが、結果としてそれは完全に裏目に出た。破壊すべきでない目標を爆砕してしまった一報に、山本五十六は天を仰いだと言われている。

自由の女神像——ニューヨーク港に到着する船舶を待ちうける巨像は、合衆国にとって数少ない歴史的モニュメントであり、市民には心のよりどころとなっていた。

それが木っ端微塵となったのだ。絶望は度を過ぎると怒りに変貌する。合衆国市民は非戦よりも復讐を望むのではないか？

そう危惧した山本五十六だが、まさか現場を責めることはできない。

御所からも可能な限り非戦闘員の犠牲を少なくせよとの御言葉を頂戴していた。自由の女神像を爆撃したパイロットは御稜威《みいつ》に副《そ》うべく動いたにすぎないのだ。

山本五十六は自戒していた。責められるべきは、指揮官先頭という伝統を古いと切り捨てた己なのだと。

もし南雲機動部隊をGF長官である自分自身が率いていたなら、空爆意図を搭乗員に的確に伝授でき、自由の女神像が打ち砕かれることもなかっただろうと……。

東海岸を襲い、ニューヨーク沖海戦を戦い抜いた南雲機動部隊だが、戦果に見合うだけの代価を強要されることとなった。

南雲忠一中将の戦死も痛恨事であったが、空母

〈赤城〉〈加賀〉の喪失が大きすぎた。

二隻に搭載されていた艦載機は一三〇機以上。これだけの戦力が目減りしたのだ。爾後《じご》の作戦は制限されて当然である。

中破していた〈蒼龍〉はグアンタナモ鎮守府で修理を終えたものの、肝心の飛行機が揃わなければ本格攻勢は難しい。補充は日本本土から空母で搬送するしかなかった。

ところが内地に残された空母は、三〇機も載らない小型艦ばかりだ。大型客船から改造中だった〈隼鷹《じゅんよう》〉〈飛鷹《ひよう》〉を突貫工事で完成させ、ようやく目途はついたが、キューバ到着はどんなに急いでも五月あたまになってしまう。

この状況で悔やまれたのは〈レキシントン〉と〈サラトガ〉の処遇であった。真珠湾攻撃の当日、湾内と外海を繋ぐ水道に座礁した二隻の米空母である。

湾内施設の早期使用を実現するために跡形が残らぬまで火薬を仕掛け、豪快に爆破処分したわけだが、その命令を下した山本五十六はまたしても己の決断を悔悟するのだった。

破壊するのではなかった。もし鹵獲《ろかく》に成功し、駒として使えたならば、第二次まやかし戦争など起こらなかったと。実戦投入は難しいとしても、艦載機の大量輸送には使えただろうと。

実際には修理に時間を要したであろうし、運用も難渋したに違いないが、可能性を封殺したのが自分である以上、山本の懊悩《おうのう》は続くのであった。

これだけの損害が生じた以上、ヒトラー総統の工作は渡りに船であったはずだが、そう単純には動かぬのが国際政治の不可思議なところである。

日本海軍が示したのは、継戦への強い意志であった。指揮官先頭を否定した山本五十六が大西洋まで足を延ばしたのは、双肩にのしかかる責任感に命ぜられたために違いない。

それが最悪の結末を招くとも知らずに……』

ゴードン・W・プランゲ著
『ニューヨーク奇襲秘話』より

2 グランドバンクスの幻影

ニューファンドランド島沖六〇キロ
一九四二年四月七日、午後四時三〇分

「日本列島に新型爆弾が落ちるわ」

細く長い指でしなやかにタロットカードを切りながら、その占い師は静かに託宣《たくせん》を述べた。

「いつ？」

声が震えぬように留意しつつ、山本五十六大将は言った。相手は何枚かカードをめくると、

「そう遠くない将来に。そして落ちるのは日本だけじゃないわ。ヨーロッパや旧ソ連領も、めちゃくちゃになるわ。瘴気《しょうき》に満ちた灰が天空を覆い、地球には人工の冬が来る。生きとし生けるもの、すべてに死を命ぜられる冬が……」

と告げた。その口調に一切の感情は込められていない。己は安全地帯に身を置く第三者として、彼女は話していた。

（新型爆弾か。核分裂反応を利用した原子爆弾に違いない。日本でも基礎研究は始められているが、できるとしても一〇年先の技術だがな）

苦い生唾《なまつば》を呑み込みながら、山本は訊ねる。

「どこの国が日本抹殺を試みるのだろう。やはり合衆国か？　それともドイツ？」

両者とも可能性が低いことは承知しているが、原爆製造の意志と能力をあわせ持つ国家など、ごく限られてこよう。交戦中の米国か、狂える独裁者に率いられたドイツ第三帝国以外には、まず考えられない。

「……わからないわ。一発や二発ではないから。きっと米独だけでなく、他の国で造られたものも投下されるのでしょう。カードもそこまで教えてくれませんから」

相手の瞳は深海を連想させる群青色《ぐんじょう》であった。引き込まれそうになる眼力に負けぬよう、山本も相手を睨む。

女の扱いには慣れているつもりだが、相手の本性は見極められなかった。外見も奇妙だ。十代にも思えるし、三十路《みそじ》にも見える。

「この戦争は終盤で大逆転劇があり、日本が敗北する。そう考えていいのだろうかね」

「違うわ。惨劇はこの戦争では起こらない。第二次世界大戦が終わった後に起こる第三次世界大戦こそ、最終戦争《アルマゲドン》……」

練習巡洋艦であり、連合艦隊旗艦でもある〈香《か》椎《しい》〉の貴賓室に、無気味な通告が響いていく。

不吉な言葉を舌に乗せた人物はレヤ・グレイ・マクバノ――ずばり〝魔女〟の異名を持つ無気味な美女であった……。

*

政府関係者でもなければ、財界の要人でもなく、当然軍人でもないレヤが、どうして〈香椎〉に乗り込み、GF長官と膝をつき合わせて占いに興じているのだろうか？

それを説明するには、レヤの後ろ盾を明かさなければなるまい。彼女を支援し、パトロンとなっているのは、英国王エドワード八世の妻であるシンプソン夫人なのだ。

ガヤ・マクバノというロマ《ジプシー》の占い師を母に持つレヤは、合衆国で生まれ育ち、やがて当然のように親の仕事を継いだ。天賦《てんぷ》の才能に恵まれ、また母親からも手ほどきを受けた結果、占術の技倆は恐ろしいレベルに達していた。

レヤはいつしか〝現代の黙示録《アポカリプス・ナウ》〟という称号を頂戴し、富裕層に名前を売っていった。持ち前の千里眼を生かし、モナコのカジノを破産させたという伝説が残っている。

ちょうど合衆国に戻っていたシンプソン夫人が接触してきたのは、一九三九年初夏のことだった。

数回の面談後、レヤは夫人にこう断言したのだ。

あなたは近い将来、エドワード八世と一緒にバッキンガム宮殿に戻ると。

その予言は成就した。ドイツの侵攻とロンドン陥落、その後の傀儡《かいらい》政権の看板とはいえ、エドワード八世は凱旋を果たしたのだった。

シンプソン夫人はレヤと文通を続け、訪英せよと強く命じた。レヤが重い腰を上げ、イギリスへ渡ったのは一九四一年の大晦日《おおみそか》のことであった。

かねてよりエドワード八世はオカルティズムに傾倒しており、シンプソン夫人からレヤの能力も聞き及んでいた。英国王に謁見したレヤは、たちまちその寵愛を得ることになり、占術による助言を公私にわたって続けた。

イギリスの対米政策における意思決定には、レヤの言動が少なからず影響を及ぼしている。まさに英国版のラプスーチンである。

エドワード八世はヒトラー総統にもレヤを紹介しようとしたが、この二人の会合はまだ実現していない。正確には、互いが互いを避けている様子であった。

お抱えの占術師までいるヒトラーがレヤに興味を示さなかったはずもないが、その独特な嗅覚で危険な香りをかぎとっていたのかもしれない。

また、レヤ自身もヒトラーには無関心を決め込んでいた。直接対決の時機をうかがっていたという説もあるが、真偽は不明だ。はっきりしているのは、レヤがヒトラーと距離を置くことを望み、カナダ行きを望んだ事実である。

これはエドワード八世の意志とも合致していた。

国王が抱える懸案はジョージ六世だ。亡命政権を率いるアトリー首相と共に、戦艦〈プリンス・オブ・ウェールズ〉でカナダへと脱出した実弟は合衆国と連携し、あくまで枢軸側と対決する覚悟だった。

レヤはジョージ六世の態度を軟化させる自信があると告げ、カナダ行きの軍艦に乗った。

巡洋戦艦〈レパルス〉である……。

日米がニューヨーク沖海戦で死闘を演じた夜に英独連合艦隊はニューヨークに到着した。不意に出現した二隻の艨艟《もうどう》は、その存在感だけでニューヨークを沈黙させたのだった。

ドイツ戦艦〈ティルピッツ〉およびイギリス巡洋戦艦〈レパルス〉だ。これに米独駆逐艦が四隻ずつしたがい、守りを固めていた。

訪米目的は戦闘ではない。露骨な時間稼ぎだ。日本海軍の暴走をひとまず停止させ、北米戦線に干渉するのが狙いであった。

そのためには意志のすり合わせが必要である。米独は東京に洋上合議を呼びかけた。

これが世に言う〝大西洋会談〟だ。その参加者は錚々《そうそう》たるものであった。

イギリスからは七九歳のロイド・ジョージ首相が老骨に鞭打って参加した。

そして驚くべきことに、ドイツはヒトラー本人が巡洋艦〈プリンツ・オイゲン〉に乗り、ここまで身を運んでいた。常に船酔いする総統が海路で現れたのは、並々ならぬ覚悟の表れだ。

日本も両巨頭に見劣りせぬよう東条英機《とうじょうひでき》首相の出馬が検討されたが、戦時下の外交は総理自身が行うものに非ずという屁理屈を述べたため、話は流れた。その全権代理として派遣されたのが連合艦隊司令長官山本五十六である。遣欧経験もあり、国際会議の場数を踏んだ人物として、まずは適任者と言えた。

山本五十六を乗せた練習巡洋艦〈香椎〉は英領シンガポールへ向かい、軽空母〈大鷹《たいよう》〉、油槽船〈志筑《しづき》丸〉および駆逐艦六隻と合流。スエズ運河経由で地中海を抜け、大西洋を横断した。

すでに南米経由でキューバに到着していた栗田艦隊もタイミングを見計らって北上した。

全艦ではない。戦艦〈大和《やまと》〉および駆逐艦四隻のみだ。英独の圧力により合衆国がおとなしくなった現在、過度に刺激するのは得策ではなかろう。

そして、四月七日の午前一一時三〇分――日独英の戦艦群は北米大陸の東端、カナダのニューファンドランド島沖のグランドバンクスに集った。

会議は翌日午前一〇時から〈レパルス〉で行われる予定であり、この日は各艦で交歓会が実施された。日独英の海軍将校が互いの戦艦を行き来し、惜しみない賛辞の言葉を贈った。

なかでも絶賛されたのは〈大和〉である。

英国本土上陸の代償としてドーバー海峡に沈んだ姉の〈ビスマルク〉と同様、〈ティルピッツ〉もまた巨艦であったが、〈大和〉はそれを軽々と凌駕していた。ヒトラー総統でさえ、あの悪魔的戦艦を敵に回す愚だけは避けねばならぬと明言したほどである。

山本は〈ビスマルク〉〈レパルス〉を見学後、旗艦〈香椎〉に戻った。華麗なる賓客が待ち受けていると聞かされたからであった。

＊

レヤが著名な占術師という評判は、山本五十六も耳にしていた。

彼もまた占術には造詣《ぞうけい》が深い。航空機搭乗員の選抜では手相見を海軍嘱託で雇い入れ、適正判断をさせていたほどだ。

また博奕《ばくえき》を好む山本は、レヤがモナコのカジノを倒産させたという噂を耳にしていた。彼もまた同じカジノで勝ちまくり、入場禁止処分を喰らったことがあるのだ。同じギャンブラーとして興味を抱いたのも当然であろう。

だが、それだけでは差し向かいで面談する理由にはならない。貴賓室で二人きりになったのは、レヤが英国王エドワード八世からのプライベートメッセージを携えていたからである。

それを一読した山本は巧みに英語を操り、こう告げたのだった。

「国王陛下は、合衆国と一年間の停戦協定を結ぶことを御所望されておられる。噛み砕けば、そういう話ですな」

氷の微笑を浮かべ、レヤは言う。

「ええ。明日の会議でもロイド・ジョージ首相が同じことを話します。日本が条件を呑めば、英国王室に連なる姫君《プリンセス》を差し出し、誼《よしみ》を結ぶ用意があると。また停戦実現にはイギリスも全面的支援を惜しまないと」

皇族に独身の男子は、まだ残されている。イギリス王室と姻戚関係を結ぶのは損にはなるまい。

ヨーロッパの支配者はドイツ第三帝国だが、新大陸に触手を伸ばすヒトラーはイギリスとの結びつきを強めていた。ここで受諾すれば枢軸側としての一体感が演出できよう。

ただし、デメリットもある。山本は言葉を選んで返した。

「イギリスは、連合艦隊の大西洋廻航に協力してくださいました。シンガポールをはじめ、各軍港における補給には感謝している。関係強化は日本としても望ましい。

だが、王室の婚姻に戦争を左右するだけの力は失われて久しい。現にヨーロッパの王室は、その多くが親戚でしたが、血縁同士で飽きもせずに殺し合いを繰り返したではありませんか。

また、軍事行動の細目に口を挟むのは過干渉だ。合衆国との停戦は日本が独自に判断する。

今はその時ではない。合衆国は中国大陸以上に深みがあり、底知れぬ力を隠している。ここで和議など結べば、単に戦力回復の猶予を与える危惧のほうが大きい。

もう一撃加えなければ。せめて保有する陸海軍の規模に制限をかけられるほどの条件を呑ませるだけの戦果をあげなければ……」

レヤはタロットカードを指先でなぞりながら、山本の反応を称賛するのだった。

「正しい御決断ですわ。未来はすでに定まっているもの。個々人の努力では、せいぜい惨劇を引き延ばすだけ。

カードが告げています。この戦争がどんな格好で終わろうとも、第三次世界大戦では復讐の宴《うたげ》が始まると……」

タロットを繰るレヤの指さばきはあまりにも優美すぎた。その動きは華麗であると同時に不自然でもあった。

凝視した山本は、そこで初めて気づいた。相手の両手の指が六本あることに……。

ごくまれに、神の悪戯《いたずら》で常ならぬ姿で生まれてくる者もいる。また山本自身も指の数は一〇本ではない。若き日の日本海海戦で左手の人差し指と中指を失っていた。だからこそ奇異の目を向けることはしなかった。

しかし、レヤ・グレイ・マクバノから怪異の香りがしたのは事実である。この女……もしやこの世の人間ではないのではあるまいか？

「合衆国は不死の巨象《エレファント》。非合理的原始本能に基づき、血の報復を望むことでしょう。結局、平和とは戦争と戦争の間の別名にすぎませんし、人も国も定まった業《ごう》からは逃れられません
「どうあがいても、日本が新型爆弾に見舞われる運命は回避できないと？」

「遅かれ早かれですわ。ただし、提督にとって幸いなのは、弓形の列島に煌めく光を目撃せずにすむことでしょうか……」

レヤは沈黙し、カードをめくった。そこに現れたのは13の番号と骸骨の絵姿であった。

内火艇で〈香椎〉を後にした魔女《レヤ》を見送り、艦橋へと戻って来た山本長官は、無気味なタロットの暗示を思い返し、表情を歪めるのであった。

（あれは死を意味するカードだ。俺は戦死する運命なのか。常在戦場を標榜している以上、前線で斃《たお》れるのは覚悟しているが、できれば命に見合う死を迎えたいものだな。連合艦隊司令長官の職も、早々と後継者を指名しておいて正解だったのかもしれぬ）

艦長小島秀夫《こじまひでお》大佐が、あからさまな憂いを示す山本に声をかけた。

「長官、お加減がよろしくないのでは？　まさかあの密使が妙な真似でも」

「平気だ。嬉しくない話を聞かされただけだよ。明日の会議は荒れに荒れるだろうな。我が腹芸がどこまで通用するやら……」

「よろしければ自分もお伴いたしますが」

小島艦長は訪欧経験が豊富であり、特にドイツの政情に明るかった。随員としては役に立つ人材であろう。

「それには及ばないよ。明日は〈レパルス〉で、明後日は〈ティルピッツ〉で会談が行われるが、たぶん小田原評定に終始するだろうから。

それに、艦長が〈香椎〉を留守にするのは得策ではない。俺を地球の裏側まで送り届けた以上、本艦の任務は主力艦の防衛に変わっている。以後は〈大和〉を守るべく、最善を尽くしてくれ。

あの艦の四六センチ砲は東海岸上陸作戦に必要不可欠。本来であればキューバで待機させるべきだった。栗田君も〈長門《ながと》〉で来ればよいものを」

山本は夕暮に映える世界最大の巨艦を見つめた。

完成を急がせた姉妹艦〈武蔵《むさし》〉と共に、最強の破壊力を持つ兵器である。防御も強靭だ。もしも一撃で屠ろうと欲すれば、それこそ新型爆弾が必要となるだろう。

〈死が避けられぬのであれば、この身を楯にすることで、せめて〈大和〉を守りたい。四十六センチ砲搭載艦を山本五十六が死守したとあれば、陛下と国民にも申し開きができよう〉

微苦笑を顔に浮かべた直後のことだ。小高い後檣で頑張る見張りから報告が入った。

「一〇時方向、距離九〇〇に潜望鏡らしきものを認む！」

一気に〈香椎〉の艦橋には緊張が満ちていく。この新型の練習巡洋艦は艦内容積に余裕があり、爆雷を一五〇発以上乗せていた。対潜攻撃には強みを発揮できるのだ。

小島艦長は対潜警戒と前進を命じた。誤報はこれまで数十回を超え、見間違えの公算も高いが、念には念を入れなければ。

「雷跡六！　針路は……本艦に非ず。〈大和〉に向かう！」

悪い予感を現実のものとする凶報に、山本五十六は反射的に叫ぶのだった。

「いかん！　〈大和〉を守れ！　両舷全速！」

3　沈黙の艦隊

同海域

同日、午後五時五五分

「ルメイ艦長、どうか御再考を。大西洋艦隊司令部から本艦に与えられた任務は敵艦隊の監視です。攻撃は厳禁されているではありませんか」

潜望鏡深度に身を横たえるSS-214〈グルーパー〉の司令室に、副長バラク・クロイツ中尉の懇願が響く。

「もし独断専行すれば、せっかくの雪解けムードが台無しになります。日独英に挑戦状を叩きつけたも同然の結果を呼ぶでしょう」

米潜〈グルーパー〉艦長カーチス・E・ルメイ海軍少佐は、獰猛《どうもう》な表情を一段と険しくした。

「ふん。ワシントンの政治屋になにがわかる。現場には現場の判断があるのだ。俺は俺の信じた道で合衆国に栄光をもたらすぞ。

副長も出撃前の噂話を聞いただろう。〈ティルピッツ〉にはヒトラーが座乗しているそうじゃないか。あの魔王さえ殺せば、第二次世界大戦は終結する。これは千載一遇のチャンス。もはや座視は罪なり！」

クロイツ副長は、なおも説得を試みた。

「艦長、合衆国は第二次まやかし戦争《セカンド・フォーニー・ウォー》を継続中なのです。戦闘はまだ再開されておりません」

「心配するな。俺が始める」

ルメイ艦長は悪魔と契約書を取り交わすべく、指示を下した。

「艦首魚雷発射管、一番から六番まで開け。艦尾発射管一番から四番は、艦首魚雷発射と同時に注水を開始するんだ」

搭載してあるMk16魚雷は一本あたり一・五トンもある。これが六本も水中へ飛び出せばバランスを乱し、潜水艦が海面に浮き上がってしまう危険もある。艦尾発射管の注水を待たせたのは、懸吊状態が崩れることを恐れたためだった。

「見えるぞ。イギリスの〈レパルス〉だ。あんな婆さんはどうでもいい。本命は鉄血宰相の名前を頂戴したドイツ戦艦だ。横っ腹に六本とも魚雷を叩き込んでやるぜ。

うん⁉　待てよ。もっと凄いターゲットがいるじゃないか。

ジャップのモンスターだ。西海岸に無慈悲な砲撃を繰り返した〝ビッグ・ワン〟だ！

悪鬼アドミラル・ヤマモトもきっと乗っているに違いない。奴を殺すのだ。それが合衆国の未来に繋がる！　かつて大型客船〈タイタニック〉が沈んだ場所に大型戦艦を沈め、海難者の手向けとしてやる！」

すぐさま魚雷発射管室より報告が入った。

「艦首魚雷、発射準備完了」

「よろしい。号令を送るから、一番から六番まで二秒間隔で連続発射せよ」

ルメイ艦長の肩に手をかけながら、クロイツ副長は哀訴するのだった。

「どうか、もうおやめ下さい。ここで戦艦一隻沈めたところで、戦闘再開の理由を与えるだけではありませんか」

「副長、これ以上の諫言《かんげん》は叛逆行為とみなし、君を拘束するぞ。そんな真似を俺にさせるな」

潜望鏡に眼窩《がんか》を押しつけたまま、ルメイ艦長は命じた。

「今だ。雷撃開始！　発射完了後一八〇度回頭。艦尾発射管で強襲を続行する！」

＊

HMS〈レパルス〉の司令長官室には、デビッド・ロイド・ジョージ首相の姿があった。

彼は心底疲れ切っていた。七九歳という高齢に鞭打ち、カナダ沖合まで老躯を運んだが、もはや青息吐息だ。

艦医のマイルズ・メッサヴィー中佐が強壮剤を用意してくれたが、使う気になれなかった。こんな調子で明日からの大西洋会談を乗り切れるだろうか。

もともとロイドは一九四一年春の時点で政界を離れ、隠遁生活を送っていた。そんな彼を現役に復帰させたのは、イギリス本土上陸を成功させたアドルフ・ヒトラーであった。

絵に描いたような傀儡政権だが、ロイドはまだ支持基盤があり、不思議にイギリス国内は一定の落ち着きを取り戻していた。首相の人選としては最善だったかもしれない。

ロイドは誰もが認める親独派であり、戦前にはヒトラーと複数回面談していた。その政治手腕を絶賛する発言も繰り返していた。ヒトラーが抜擢したのは自然な流れであった。

とは言え、ロイドにも内心忸怩《じくじ》たるものがあった。ドイツの軍門に降《くだ》った以上、一切の拒否権は失われて久しい。実質上、ドイツの走狗《そうく》も同然なのだ。

ヒトラーが本気で新大陸への侵攻を計画するのであれば、カナダが前線基地となる。もちろん尖兵はイギリスが担うだろう。陸軍の再整備に国庫は耐えきれるだろうか。

そして、オタワにはイギリス正統政府を主張する亡命政権が頑張っている。下手をすれば、イギリス連邦同士で殺し合いをせねばならない……。

それだけは避けたい。ロイドの目論見はドイツが合衆国と本格戦闘に突入することを諦めさせることにあった。

（ヒトラー総統も人の子。英仏を破り、この春には東部戦線を平らげてしまった。ソ連の残党はシベリアに駐留する日本陸軍に投降している有様だ。これで増長するなと言うほうが無理だな。

しかしながら策はある。その日本に無様《ぶざま》な失敗をしてもらえばいい。是非とも単独で上陸作戦を敢行し、全滅してもらいたいものだ。

かつてトルコのガリポリで我らが味わった苦渋が再現されれば、ヒトラー総統も合衆国が容易ならざる相手との再評価を下すだろうて……）

自分でも虫のよすぎる話だとは承知していた。ただ、他力本願にならざるを得ないのが敗者の道である。こうなれば得意の二枚舌で日本人を騙《だま》すしかあるまい。

レヤ・グレイ・マクバノを派遣した主な理由はそれだ。一年の停戦を打診させたのは、最初から日本側が受諾しそうにない条件をつきつけ、交渉を沈滞させるためであった。ヒトラーが癇癪玉を破裂させてくれれば、なお結構なのだが。

ロイド自身は帰艦したレヤに会おうとはしなかった。怪しげな存在など遠ざけたかったが、国王陛下が手札として使いたまえとお命じになられた以上、ぞんざいには扱えない。こんな魔女に頼らねばならぬ大英帝国に未来などあるのだろうか。

そして、ロイドの宿願は意外すぎる形で実現することになった。

爆発音が遠方から響いてきたのだ。続いて衝撃波が海面を揺らし、九門の三八センチ砲を保有する巡洋戦艦はわずかに揺さぶられた。

「首相閣下！　ご無事ですか！」

乗組員からはドクター・Mと呼ばれている艦医

メッサヴィーが駆け込んできた。ロイドは心臓に疾患を抱えており、万一に備えて、隣室で待機していたのだ。

「あれしきで仰天するほど耄碌《もうろく》してはおらんよ。それよりなにごとかね？」

「潜水艦です。日本海軍がやられたようです」

「あの巨大戦艦かね？」

「違います。〈カシイ〉という護衛艦です。戦艦をかばうため、自ら魚雷に突っ込んだようです。一瞬で轟沈《ごうちん》した模様！」

「それは最悪だぞ。あの練習艦にはヤマモト提督が座乗していたはずだ。もし全権代表が戦死したとなれば、交渉はどうなる……」

だが、ロイド首相に他人の心配している余裕はなかった。数秒後、先ほどの揺れとは比較にならないショックが〈レパルス〉を貫いたのだ。

常備排水量三万二〇〇〇トンの鉄の船は大地震のように揺れ、悲鳴と絶叫があちこちから聞こえてきた。やがてテナント艦長の緊急放送が流れた。

『本艦は左舷に魚雷一本を受けた。潜水艦がそばにいるぞ。総員で海面を見張れ。応急班は海水流入を最低限で食い止めよ！』

すでに完成して二六年が経過した老朽艦だ。近代化改造は行われたが、艦容を一変させるまでの工事ではなかった。

もちろん防御力も巡洋戦艦のそれを超えるものではない。一撃で艦の生命線を断ち切られはしなかったが、もはや満足に戦えはしないだろう。

ドイツの本土上陸を阻止せんと、僚艦の大多数がドーバーと北海に沈むなか、無傷で生き残った〈レパルス〉だったが、ついに強運も潰《つい》えたようであった。

＊

ドイツ海軍戦艦《クリークスマリーネ》〈ティルピッツ〉の司令官休憩室は決して広くはないが、アドルフ・ヒトラーに不満はなかった。

若き日より窮乏生活に堪えてきたのだ。安ホテルに慣れているヒトラーにとって、警備さえしっかりしていれば、狭いほうが落ち着くくらいである。

この〈ティルピッツ〉には二六〇〇名の水兵が乗り込んでいた。全員がヒトラー総統の用心棒だと言っても過言ではない。彼は大いに安堵し、艦長カール・トップ大佐と夕食をとっていた。

「それで、艦長はどう思う？　恐竜のような日本の大戦艦の感想を開陳したまえ」

トップ大佐は切々と述べた。

「あの軍艦を敵にまわさずにすんだことは、海軍人として幸運であったと考えております。日本海軍を味方に引き入れた総統閣下の御決断には、本艦代表として御礼申し上げます」

「ほう。それほど凄いのか？　余には無意味に肥大化しただけに思えるがな」

陸海空を問わず巨大兵器を愛するヒトラーは、日本海軍が〈ティルピッツ〉を凌駕する艦を保有している現実が許せなかったのである。

「船体は太すぎ、速度も出まい。艦橋構造物は逆に細すぎて調和が取れておらぬし、搭載砲も四〇センチだという話ではないか」

「それは恐らく真実ではありませんな。実地に計測したわけではありませんが、見学にやった砲術長の見立てでは、四六センチ砲ではないかと思われます。当然、防御もそれに見合った装甲が用意されているでしょう」

「では、〈ティルピッツ〉も一対一で戦えば負けてしまうのかね」

「率直に申し上げます。日本海軍の〈ヤマト〉に撃たれて耐えきれる軍艦は、地球の海には一隻も存在しません」

フォークを置き、口許を拭いてからヒトラーはこう続けたのであった。

「では〝H計画〟を前倒しするしかあるまいな。次世代型艦隊拡張計画なくして、ドイツは次なる戦争に打ち勝てぬ。第二次世界大戦がどんな形で終わろうと、いずれ極東の島国との激突は必至。準備は遅すぎるくらいだ。

それと、新型爆弾の開発にも予算を認めてやらねばならん。ユダヤ系の物理学者に金をつかませるのは面白くないが……」

直後、リバイアサンの咆哮を連想させる無気味な叫びが聞こえてきた。重低音の爆音だ。

軽巡や駆逐艦を乗り継いで来たトップ艦長は、それが何かを一瞬で理解したらしい。

「潜水艦ですな。味方がやられたのでしょう。私は航海艦橋に戻って指揮を執ります。総統閣下はここで食事の続きをお楽しみ下さい」

陸軍に従軍していたヒトラーだが、海軍は素人も同然である。艦橋にあがっても傍観者にしかなれまい。ならば安全圏に身を置くほうが望ましい。

「電話回線は繋げておけ。子細を逐一報告せよ」

トップ艦長はナチス式の敬礼もそこそこに駆け出して行く。ヒトラーはポトフの皿にスプーンを伸ばし、熱いそれをすすった。

味はよくわからない。彼は思考の迷路に没入していたのであった。

（潜水艦による雷撃か。犯人は合衆国海軍であろうな。血気盛んな連中が、まだ生き残っていたということか。

しかし許せぬ。これで我が計画は水泡に帰する危惧が出てきた。すべてうまく転がれば手間が省けるだろうが、余の戦争芸術を邪魔する輩《やから》など五体満足で帰してはやらぬ）

外交の天才と自惚《うぬぼ》れるヒトラーは、大西洋会談を実りあるものとすべく、ありとあらゆる事態を想定し、準備を重ねていた。

当初、本気で期限付きの停戦を日本に求める気であった。東海岸上陸が成功し、合衆国が敗北してしまえば、ドイツは戦後処理において発言権を失うだろう。また、同盟国としての軍事支援も馬鹿にならない。

しかし、ここに来て状況が変化していた。情報収集の結果、日本軍の戦力が寡兵だと知れたのである。

中国大陸の内戦に関与しなかった結果、日本陸軍にはかなりの余力があると推察されていたが、ここ二ヶ月でキューバに到着した兵は五個師団で十万弱だという。

上陸地点はどうせフロリダだろうが、これでは占領はできても維持など無理。いずれ惨《みじ》めな撤退に追い込まれよう。

ならば日本軍には敗北してもらおう。東海岸上陸と同時にカナダを焚きつけ、枢軸に引き入れる。日本を利用してカナダを衛星国とし、治安維持の名目で英独陸軍を送るのだ。

来年以降には、ニューヨーク侵攻を可能とする戦力が揃うだろう。

しかしながら、表立って日本の軍事行動を後押しするわけにはいかない。ヒトラーは強く反対したが、日本側が強行したという形にしなければ、国民の支持を失う。戦闘国家たるナチス・ドイツに敗北は許されないのだから。

つまり、旨味を独占するには、あとひと突きが必要となるかもしれぬ。

そこでヒトラーはグランドバンクスにUボートを一二隻も配備させていた。万一、日本が条件を呑み、停戦に同意した場合、日本艦を襲撃させるためであった。

米潜の仕業に見せかけ、対米強硬論に火をつけるのだ。悪辣《あくらつ》な手段だが、ポーランド侵攻でも同じようなことをやった。結果を呼び込むためであれば、手段などどうでもよい。

ただし、味方撃ちを強行するとしても明日以降の予定であった。つまりこの襲撃に限っては、合衆国海軍の潜水艦が動いたと考えるのが妥当だが、いったいやられたのはどこの艦だ？

突然、受話器がけたたましく鳴った。ヒトラーは自らそれを取り上げる。トップ艦長の冷静な声が鼓膜に伝わってきた。

『遺憾ながら、総統閣下に御報告申し上げます。被雷したのは日本海軍の〈カシイ〉です。沈没は確実。アドミラール・ヤマモトが行方不明との未確認情報も入っております』

想定外の事態に、さしものヒトラーも驚きを禁じ得なかった。

「真偽を確認せよ。交渉全権代表がいなくなれば大西洋会談自体が流れてしまうぞ。それから護衛駆逐艦の艦長は、帰国しだい全員二等水兵に降格だ！」

怒りのやり場を探すヒトラーは、新たな爆音を耳にすることになった。

「今度はどうした⁉」

『総統閣下！　〈レパルス〉です！　イギリス海軍の巡洋戦艦がやられました！』

「沈んだか」

『なんとか踏みとどまっていますが、予断は許しません。敵潜は複数存在します。おそらく群狼戦術《ウルフパック》で我らを攪乱《かくらん》する気でしょう。本艦はただちに戦闘態勢に移行し、回避運動に……』

　一歩遅かった。トップ艦長からの電話は強制切断された。突き上げるような衝撃が足許を襲い、ヒトラーの躰は壁に叩きつけられた。

　独裁者は苦痛に呻《うめ》いた。その顔に欧州の覇者としての貫禄はなかった。やがてその耳に艦内放送が響いてきた。

『総員に告ぐ。本艦右舷艦首に魚雷が命中した。各部は被害状況の報告と機能復旧を急げ！』

　この瞬間、ヒトラー総統の脳裏から一切の計算は消えた。彼は感情のみにしたがう怪物となり、荒々しく叫ぶのだった。

「合衆国の戦争屋は余の暗殺を欲するのか。よろしい。その喧嘩を買ってやろう。ただ代償は高くつくことを思い知らせてやるわ。二度と消えない傷を新大陸に刻んでくれようぞ！」

＊

　一般に〝グランドバンクス雷撃戦〟と呼称される海戦は、綿密な計画に基づいて実施された行動ではなかった。

　むしろ逆だ。彼らは連携もなく、まったくの独断で魚雷を乱射したのである。

　監視目的でここに集った米潜は七隻。

ルメイ艦長の〈グルーパー〉を筆頭に、〈グロ一ラー〉〈ドラム〉〈フィンバック〉〈ハドック〉〈ハリバット〉〈フライングフィッシュ〉の面々である。すべて〈ガトー〉型だ。合衆国がこの春に意地だけで完成させた新鋭揃いであった。

攻撃の先鞭《せんべん》をつけたのは〈グルーパー〉のルメイ艦長だったが、他艦も独自の判断で動いた。

ある潜水艦は奮戦する〈グルーパー〉につられて魚雷を撃ち、またある艦は義憤に駆られて戦闘に参加した。

海底では満足な通信手段などなく、以心伝心という域にも達していなかったが、彼らは文字通り〝沈黙の艦隊《サイレント・サービス》〟としての役割を果たしたのだ。

戦果も悪くはない。ドイツ海軍の戦艦〈ティルピッツ〉を小破させ、イギリスの巡洋戦艦〈レパルス〉を中破に追いやった。

枢軸側の駆逐艦はすぐさま反撃に転じたが、沈んだ米潜は一隻もなかった。

最新鋭の〈ガトー〉型は海面下九一メートルまで安全に潜れる。そして、部分複殻式の船体が圧壊するのは一五八メートルだ。七隻は雷撃終了と同時にその前後まで潜り、爆雷をやり過ごしたのである。

もっとも溜飲を下げたのは、日本の練習巡洋艦〈香椎〉を撃沈し、山本五十六大将を冥府に追いやったことであろう。

ただ、これら潜水艦隊が〝素晴らしき七隻《マグニフィセント・セブン》〟として一定の称賛を勝ち得るのは戦後になる。

当初は、功名心から命令を無視した裏切り部隊との論調が強かった。山本大将の誅殺《ちゅうさつ》に成功し、真珠湾の復讐をなし遂げた事実も悪評を割り引くものではなかった。

『全潜水艦は大至急帰投せよ。乗員の上陸はこれを認めず。取り調べまで艦内に拘束する』

そんな無電を聞いた潜水艦長たちは、母港ポーツマスへの帰投は諦め、次々に南下した。

目指すはフロリダである。

逮捕されずに補給が受けられる潜水艦補給港は、もはやあの半島しか考えられなかった。

4　無防備半島

ジャクソンビル、フロリダ州
一九四二年四月一四日、午前九時

メイポート基地はジャクソンビル市に鋭意建設中の海軍施設である。

完成予定は今年の冬であり、東海岸でも屈指の補給港として機能することが期待されていたが、工事は遅々として進んではいない。

理由は誰の目にも明白だった。基地建設に反対する人々が妨害を続けているからであった。

どうやら形になっていた潜水艦桟橋に着岸したSS-214〈グルーパー〉からも、フェンスに鈴なりになって奇声を発している反対派の姿が、明瞭に視認できた。

「美しい海を返せ。子供たちの未来を守れ！」

「潜水艦は帰れ！　徴兵反対！　増税反対！」

「ネヴァー・ベース！　ネヴァー・ウォー！」

呆れた連中だ。平時ならばともかく、戦時下に言うことでもあるまいに。

ジャップとの戦争に負ければ、そんな主張をする自由さえ消え失せることがわからないのだろうか？　どうせやるならばトーキョーでやればいいものを。

無遠慮な自己主張を完全に無視したルメイは、やって来た警備兵に基地責任者を呼べと伝えた。上陸許可を頂戴するまで〈グループパー〉はここで待機すると。

三〇分もしないうちに一輌の軍用車輌が桟橋を爆走してきた。

驚いたことに、それはM４A１中戦車であった。短砲身の七五ミリ砲が向けられた時はルメイも焦ったが、さすがにそれは威嚇であろう。

やがてハッチが開き、厳《いか》めしい表情の陸軍将校が姿を見せ、マイクになにごとかを怒鳴った。砲塔側面に針金で固定されているスピーカーから濁声《だみごえ》が流れる。

『艦長はいるか？　姿を見せよ！』

司令塔に陣取っていたルメイはハンドマイクを用意させ、怒鳴り返した。

「私が艦長のルメイ少佐である。本艦はSS‐214〈グループパー〉だ。上陸と物資補給の許可と便宜を頼みたい」

『ほう！　お前がルメイか。いまや全米で知らぬ者がおらんほどの有名人に会えるとは。仮設橋を用意しろ。そっちへ行ってやる』

断る理由はない。ルメイは大声で返した。

「乗艦を許可する。その前に貴殿の官姓名を聞かせてもらいたい」

『俺を知らぬか？　フロリダ防衛軍総司令官こと陸軍中将ウィリアム・ハルゼーだよ！』

強い海風が叩きつけるように吹きすさぶ司令塔《セイル》の上で、陸海軍のはぐれ者は顔を突き合わせた。

「ここは潮が匂うな。吐きそうだぜ。艦内で話はできないのか」

顔をしかめながらハルゼーは言ったが、ルメイはそれを拒絶した。

「乗組員に話が洩れます。将軍の話題はおそらく大っぴらにできないものでは？」

「ふん。察しがいいな。確かにその通りだよ。俺は迷っているんだ。北米防衛司令本部の命令に基づき、貴様を逮捕すべきかとな」

「逮捕命令？　ジャップとナチとライミーの艦隊にひと泡吹かせた海の英雄に、どんな罪をきせるつもりかな」

「ワシントンは貴様に怒り心頭だぞ。講和のチャンスを台無しにした犯罪者とな。帰投命令を無視し、行方不明になった潜水艦が到着したならば、ただちに拘束せよと命令が出ている。

もし聞き届けてやれば、ウィルキー大統領のフロリダに対する心象はよくなるだろうぜ」

「単独で本艦に乗り込んだ以上、最初から本職を逮捕する気などないのでは？」

自らの迂闊《うかつ》さに気づいたのか、ハルゼーは苦笑して見せるのだった。

「なるほど。ただの突撃軍人じゃないらしいな。それでは訊ねる。グランドバンクスで、命令を無視してまで敵艦を攻撃した理由はなんだ」

迷わずにルメイは答えた。

「それが合衆国のためと信じたからです。目の前に戦争を忘れた敵がいる。それだけで魚雷を放つ理由としては充分。政治屋の戯《ざ》れ言《ごと》につき合っていれば、本当に祖国が滅亡してしまう！」

「覚悟は立派だが、ならばどうしてフロリダまで来たのだ？　大戦果をあげた以上、貴様は本懐を遂げたも同然ではないか。おとなしくポーツマスに戻り、捕縛されればよかろうに。やはり命が惜しいとみえるな」

「大戦果？　意味がわからんですな。俺の〈グルーパー〉は戦艦を狙いましたが、沈めたのは軽巡一隻だけ。同じ海域にいた友軍潜水艦も雷撃し、二発は魚雷を命中させたようですが、後は退避に精いっぱいでしてね。自分が何をしでかしたか、まるで自覚しておらぬのです」

ハルゼー将軍は小声で、しかし力強く言った。

「貴様はアドミラル・ヤマモトを殺したのだ」

「まさか。冗談《ギミ・ア・ブレイク》はやめてください。あんな軽巡に司令長官が乗っているわけがありませんよ」

「あいにくだが冗談ではない。ワシントンも陸軍省もかなり確度の高い情報と見ているぞ。日本政府が正式発表をしたわけではないが、キューバ駐留艦隊の動きが慌ただしくなったのは事実だ。

ドイツとイギリスもおかんむりだ。〈カシイ〉とかいう軽巡を撃沈した潜水艦長を引き渡せと大統領に圧力をかけてきた。ほかに日本の侵攻を止める方法はないとさ」

「それが実現すれば本職はトーキョーへ送られ、戦犯として死刑になるのでしょうな。海軍軍人である以上、死など恐れませんが、できれば最前線でくたばりたいものです。

そう願うからこそ、フロリダに来たのです。次にジャップが襲来するのは、ここに違いない。連中と刺し違えて死ぬ。それだけが我が望み！」

怒気をはらんだ物言いに、ハルゼー将軍は相対するルメイを睨み、こう返すのだった。

「貴官のような勇者こそ、斜陽の合衆国に必要な人材だな。フロリダ防衛軍は諸手《もろて》をあげてルメイ少佐と〈グルーパー〉を歓迎しようぞ。

ものわかりの悪いワシントンになど引き渡すものか。その能力を活用できる場はいくらでもある。まずは、貴様に公式声明を出してもらおう」

「将軍の麾下《きか》に入ったという宣言を新聞に載せろとでもおっしゃるのですか」

「そんなケチな話じゃないぞ。より遠大な計画があるんだよ。貴様は英雄と犯罪者を兼ねる希有な存在だ。称賛と悪態を同時に集める輩には、人を惹きつける魅力がある。

そこで頼みたい。貴様のような行き場を失った潜水艦がまだいるはずだ。連中に、フロリダまで来いと説得して欲しいのだ。

潜水艦だけじゃない。戦意ある軍艦をかき集めて独立艦隊を組織する。聖戦の遂行には海軍戦力も不可欠だからな。〈メリマック〉の栄光を取り戻すのは貴様しかおらん」

南北戦争で活躍したモニター艦の名に、ルメイは鳥肌が立つ思いであった。

「将軍は南部連合《ディキシー》の再現を本気で考えておられる様子ですな」

「それも少し違うな。俺は州知事のグリフィスと組んで、次世代に真の合衆国の芽を託したいだけなのだ。言うならば〝シャーウッドの森〟を駆ける義賊のようなものだよ」

「趣旨には賛同できますが、やって来るもの好きは少ないでしょう。我らに可能な行動は、せいぜい勇敢に死ぬことくらいですよ」

そこでハルゼー将軍は自慢げに胸をそらした。

「一年分の俸給を賭けてもいい。ジャップはフロリダには来ない。襲来してくれれば、逆に対処が簡単になって助かる。この半島さえくれてやればいいのだから。

重ねて言う。フロリダには嫌がらせか牽制以外の攻撃はないぞ。このメイポート基地の工事が遅れ気味なのも、攻撃される危険が薄いからなのだ。お陰で物資をほかに転用できた。

まあ、表向きは連中の妨害工作ということにしてあるがな」

ハルゼーが顎《あご》で示したのは、フェンスに群がる基地反対派のデモであった。

「ある意味、称賛に値しますな。目の前に敵軍がいるというのに、味方の軍部を敵視するとは」

「連中は混成部隊だぜ。〝フロリダに基地なんかいらない市民の会〟と〝軍事施設撲滅連合〟が大きいが、細かい組織を入れれば三〇以上存在する。それも、互いが互いを親の敵のように嫌っているのだから面白いな。

しかし最近は、連携して露骨な妨害をするようになった。兵士に一切ものを売らない運動を始めやがったんだ。おおかたスポンサーの意向だろうがな。

そうだ。貴様にひとつ覚悟を見せてもらおうか。合衆国の存続のためならば、悪役にでもなるという覚悟をな」

「連中を片付けよと？　安全地帯に身を置いているつもりの阿呆どもを追い払えと？」

「そこまで俺に言わせるのか。行間を読めよ」

即座にルメイ艦長は足許に怒鳴るのだった。

「砲術長、これより対空戦闘の訓練を行う。照明弾の装填を急げ！」

潜水艦〈グルーパー〉には七・六二センチ単装砲が一門だけ用意されていた。対艦にも対空にも使える両用砲Ｍｋ21がそれだ。

「二時方向、距離八〇〇の空を撃つんだ。信管は高度五〇〇で切っておけ」

砲員は機敏に動き、たちまち用意は完了した。

「発射《ファイア》！」

甲板に砲煙が巻き起こり、砲弾が南部特有の生ぬるい空気を切断する。飛距離が短いため、それは数秒後に炸裂した。

怪気炎をあげていた反対派だが、軍事に関しては素人ばかりである。頭上で砕けた一撃が無害な照明弾だと看破できた者はいなかった。

パニックが誘発され、誰もが蜘蛛の子を散らすように逃げ出した。そのさなかに転倒者が他のデモ隊に踏まれ、大喧嘩が始まった……。


その翌日――。

自称平和団体はハルゼーへ抗議文書を持参したが、将軍は葉巻の火でそれを燃やしながら、

「殺すつもりであれば連射している。ただ一発で終わったのだから、あれは誤射だったのだ」

と嘯《うそぶ》き、大いに使える部下の誕生にほくそ笑むのだった。

そして、死に場所を模索する合衆国海軍将校はカーチス・E・ルメイだけではなかった。

ままならぬ現実と戦況を睨み、命よりも誇りを重視して行動した者はほかにもいたのだ。

第四章　バーニング・アトランティック

1　嵐が丘

ケープメイ岬、ニュージャージー州
一九四二年六月一日、午前五時一五分

「アトランティック・シティ防空支部より緊急連絡。対空レーダーが敵編隊をキャッチ。東海岸へ急速接近中！」

デラウェア湾と大西洋とを繋ぐケープメイ岬の臨時指揮所に急報が舞い込んだ。

浅い眠りから現実へと引き戻されたダグラス・マッカーサー海軍大将は、灯台管理人が住んでいた小屋を飛び出し、となりに停車中の黄色いバスへと飛び込む。そこは無線機と蓄電池でいっぱいだ。独特の機械臭が鼻を刺激した。

かつて子供たちを学校へ送迎していたこのバスこそ、北米東海岸における主要防空拠点のひとつであった。ニュージャージーの海岸線に分散配置された対空レーダーからの情報は、すべて符牒となってここへ送られるのだ。

バスを用いているのはカモフラージュのためである。上空からは中古の大型車が止まっているようにしか見えない。投弾はおろか、機銃掃射すらもったいないと躊躇《ちゅうちょ》するだろう。

「イエロー・モンキーどもめ、やっぱり来たか。よほど我が〝ビッグE〟が憎いとみえる。正規空母の生き残りを完全に潰す気だ。

陸海軍合同防空本部へ連絡せよ。すぐムスタングをここに飛ばせと言え」

マッカーサーが言ったムスタングとは、陸軍航空隊のP51を意味している。ノースアメリカン社からロールアウトされたばかりの最新鋭機だ。

まだマッカーサー麾下《きか》で働いているジェームス・B・オード大佐は、

「指名はどうでしょう。陸海軍の融和は部分的にしか進んでいません。海軍航空隊が陸軍航空隊に依頼すると、あとが面倒では？」

と疑念を発したが、マッカーサーは自説を曲げなかった。

「いちばん近い飛行場はフィラデルフィアだ。そこには陸軍機しかおらん。面子《メンツ》にこだわって敵機を逃がすより、頭を下げてでも出撃してもらうほうが得策だと信じる」

バスの窓から海岸線を睨む。朝焼けの空の一角に胡麻粒のような影が連なる。機数は二四。尖兵としてはまずまずの勢力だろう。

「来たぞ。腐肉にたかるハエどもめ。勇者の亡骸《なきがら》をもてあそぶ者には、血で代償を払ってもらう。対空陣地に砲撃準備を依頼せよ」

この海岸線には一二〇ミリ高射砲M1が二四基も備えつけられていた。分離式の薬莢を採用したそれは、砲弾を高度一万四二〇〇メートルにまで撃ち上げることができる。合衆国陸軍が本土防衛のために用意した優秀な対空砲であった。

すぐさまオード大佐が電話に叫ぶ。

「敵編隊の位置と高度を陸軍の対空陣地に伝えるんだ！　引きつけてから撃てと言え」

マッカーサーの右どなりに陣取ったオードは、不安気味に空を睨んでから、

「本当に来ますかね？　我らのビッグＥに戦略的価値なしと判断すれば、素通りされてしまうかもしれません」

と話したが、マッカーサーは根拠なき自信に満ちた声で言うのだった。

「君はまだビッグＥの艦長だ。どんな姿になろうとも、艦への信頼を捨ててはいかん」

元太平洋艦隊司令長官は赤錆びた残骸を指さした。かろうじてまだ原形をとどめているが、見慣れた者でなければ空母だと気づくこともあるまい。

ＣＶ‐６〈エンタープライズ〉のなれの果てであった。

総員退艦が発令されて久しく、乗組員はひとりもいない。軍艦としての価値はゼロだ。

マッカーサーはそんな〈エンタープライズ〉に最後の任務を与えた。腐肉として、ハエをおびき寄せよと……。

それが、オード艦長とマッカーサーがケープメイ岬に居座る理由であった。

本来ならば艦を喪失した責任が押しつけられるところだが、人材が払底しかけている合衆国海軍にそんな余裕はなかった。

また不思議なことに、国民の間ではなぜかマッカーサー人気は根強かった。太平洋から連戦連敗だが、常に闘志をもってジャップと戦い続けている姿勢に共感する者が多かったのだ。

そんなマッカーサーの動向を詳しく伝えていたのがフロリダ・ヴォイス紙である。その特派員であるドリュー・ピアソンは何度も単独取材を申し込んで来たが、マスコミに不信感を抱くマッカーサーはそれを拒絶していた。

「敵機、投弾開始！　やはりビッグＥを狙ってい

「ます！」

何度も肯くマッカーサーであった。ジャップは抜けない棘を抜こうと必死になっている。

敵編隊は高度四〇〇〇で編隊を組み、水平爆撃を敢行した。座礁したままの偉大な鉄塊は、見事に期待に応えた。

数十秒後、航空母艦であった物体の周囲に一七本の水柱が生じた。

直撃弾は一発のみだ。静止目標を相手にしての攻撃であれば下手な部類に入ろう。日本軍は戦場に新人《ルーキー》でも投入したのか？

そう訝《いぶか》しんだ直後、対空陣地が攻撃を開始した。一二〇ミリ高射砲M1が、毎分一〇発の勢いで火弾を吐き出す。高度設定が完璧だったのか、たちまち四機が粉々に砕け散った。残る敵機も算を乱して逃げていく。

「西から友軍機《フレンドリー》が接近中！　陸軍機です！」

マッカーサーは射撃中止を命じた。味方撃ちだけは避けなければならない。陸軍との連携は円滑であり、すぐ筒音《つつおと》は消えた。それに取って代わったのは、頼もしい水冷エンジンの響きである。

マッカーサーは幕僚たちと共にバスを降り、上空を見上げた。間違いない、陸軍の戦闘機が乱舞していた。

P51A〝ムスタング〟だ。本土決戦にどうにか間に合わせた期待のニューフェイスである。

主翼と機首下部に合計六挺の一二・七ミリ機銃を搭載した重武装機だ。対地爆弾を二発まで搭載でき、ダイブブレーキも用意されていた。つまり、急降下爆撃も可能なわけだ。

増槽をつければ、軽く二〇〇〇キロ以上を飛べるのも魅力だった。

エンジンはアリソン社のV1710型を採用しており、中高度から低空までの運動性能は上々であったが、高高度では安定が確保できない。対地任務が重視されているのもそのためだ。

ないものねだりだが、もしもイギリス本土が無事ならば、ロールスロイス社からマリーンエンジンを輸入できただろう。それと換装すれば、レシプロ機では最強の戦闘機に化けるポテンシャルさえ秘めていた。果たして、現状でゼロ・ファイターと戦えるだろうか。

上空の死闘を食い入るように見つめていたマッカーサーだが、やがて頬の緩みが自覚できた。

「凄い！　圧倒的じゃないか」

オード大佐の台詞は本当だった。殴り込んだ八機のムスタングは、敵機を次々になで切りにしていく。まるで大人と子供の戦いだ。

「マッカーサー提督、驚きましたな。ジャップは複葉機で攻めてきましたぞ！」

高度を落とし、遁走する敵に双眼鏡を向ける。オード大佐の言った通りだ。見るからに旧式な複葉機であった。

墜落する機から脱出したのか、落下傘が開く。疑念を感じたマッカーサーはすぐさま命じた。

「ワイルドウッド特設基地で待機中のPTボートを出せ。連中を捕虜として捕まえるんだ。できれば機体の残骸も回収させろ」

＊

それから小一時間の間、じりじりしながらマッカーサーは待った。

彼は恐れていた。攻撃して来たのは日本海軍ではなく、イギリス海軍ではないのか？

複葉艦攻といえば、フェアリー・ソードフィッシュが名高い。ドイツ海軍の軍艦をドーバー海峡に何隻も叩き込んだ名機だ。

もしやビッグEを水平爆撃したのは、あの複葉機では？　イギリス海軍が動けば、ドイツも動く。まさか枢軸海軍の連合艦隊が押し寄せて来たのではあるまいか。

イギリス空母は多くが戦没したが、植民地の港へと脱出した艦も何隻かあった。またドイツ海軍も〈グラフ・ツェッペリン〉を完成させ、機動部隊の編成に力を注いでいる。大西洋会談を潰されたヒトラーが、怒りの矛先を向けてきたとしても不思議ではない。

やがて吉報が入った。小型魚雷艇のＰＴボートが敵パイロットを救助したという。

マッカーサーは、そこから一〇キロと離れていないワイルドウッドまで車を飛ばした。湾港管理事務所の最上階がＰＴボート戦隊の臨時指揮所になっていることを思い出したのだ。

そこには意外な人物が待ち受けていた。

ジョージ・Ｓ・パットン海軍少将だった。ニューヨーク沖海戦で戦艦三隻を率いて出撃し、日本海軍に一矢《いっし》を報いた（とされている）男である。

立ち位置はマッカーサーのそれに近いが、好きにはなれない。貴族趣味を隠そうともせず、独断専行を是とするなど、欠点が目立ちすぎた。

ただし一定の戦果も勝ち得たため、大西洋艦隊司令長官アイゼンハワー中将も無視はできなかったようだ。

パットンは新編成された水上砲戦部隊の指揮を一任されたと聞く。合衆国は英雄《ヒーロー》か、それに似た何かを必要としていたのである。

そんなパットンが、なぜここにいるのだ？

マッカーサーは問いかけようとしたが、それどころではなかった。室内から人体を殴打する嫌なノイズが響いてきたのだ。

「さっさと吐け！　貴様は何人《なにじん》だよ？　どこから飛んできた！　本当のことを言え！」

部屋に入ると、まだ生乾きの飛行服を来たままの異邦人が椅子に縛りつけられていた。

パットンはベルトを鞭の代わりにし、尋問を続けている。

「ふざけた野郎だぜ。さっき自分のことをなんて宣言したか覚えてるか？　貴様はこう言ったぞ。俺は日本人だとな！

ジャップは胴長短足で一重《ひとえ》まぶたで扁平足だ。貴様のような浅黒く彫りの深い日本人など、この世にはおらん。精神を病んだふりをして楽をする野郎が、俺はいちばん嫌いなんだよ」

再びベルトを振り上げ、尋問ならぬ拷問を再開しようとしていたパットンに対し、マッカーサーは大声を出した。

「やめたまえ。捕虜への暴行はハーグ陸戦規定で禁止されている。貴官の将来にとってもマイナスにしかならんぞ」

振り向いたパットンは、すぐにこちらの正体に気づいた。形ばかりの敬礼をすると、濁声《だみごえ》で語りかけてきた
「マッカーサー大将ですな。お目にかかれて光栄です。ご挨拶はこいつを殴ってからにさせていただきたい。とにかくデタラメな捕虜でして。国籍すら虚言を弄《ろう》する始末ですよ」

その時だった。縛られたままの搭乗員が不意に顎《あご》をあげて、きれいな英語で語りかけてきた。

「捕虜だと理解しているのであれば、相応の待遇を要求しよう。私は将校だ。この要請を無視するのであれば厳重に抗議し、猛省を求める」

「抗議などさせるものか！　なぜなら貴様はこの部屋で死ぬからだ！」

腰の拳銃に指を伸ばすパットンだったが、相手は白い歯を見せると、

「殺すなら殺すがいい。笑って死んでやる。サムライの末裔の覚悟をヤンキーに教えてやろう」

と叫んだ。これにはさすがのパットンも苦笑するしかなかった。

「蛮勇を信念とする者は死に神と握手してもらうだけだがな」

パットンの声には殺気が垣間見えている。本気で撃ち殺しかねない勢いだ。マッカーサーは仕方なく間に割って入った。

「私は元太平洋艦隊司令長官マッカーサーだ。貴官が所属組織と官姓名を名乗れば、身の安全は私が保障しよう」

相手はマッカーサーを睨み、機械的に応じた。

「スペイン海軍中佐マクシミリアノ・ハポン」

パットンが片目を吊り上げて怒鳴る。

「ハポンだと？　そうか日本《ジャパン》のことか。無敵艦隊《アルマダ》の末裔が東洋人に感化されるとは世も末だ。まさしく治癒不能の〝日本病〟だな」

やはりスペイン海軍か。それだけわかれば充分であった。マッカーサーはパットンに、

「彼の身柄は当方で預からせてもらおう。情報を引き出せば本土防空態勢に寄与できるはず。そもそも君は部外者だろう」

と言った。パットンは渋々ながら同意する。

「海軍大将に言われたんじゃ、どうしようもあり

ませんな。自白剤でもなんでも使って、こいつの脳を洗って下さいよ。東海岸のどこが狙われているかわかれば大戦果ですからな」

「それならもう判明している。このハポン中佐のお陰だ」

　同じ海軍提督ならではの嗅覚で、何かを感じ取ったのか、パットンは言った。

「おい！　捕虜を地下室に連れて行け。これから奴には聞かせられない話をするからな。着替えと食事もくれてやるんだぞ」

　ハポン中佐が連行されるのと入れ替わるように、PTボートの乗組員が現れた。彼らが持参した報告書を一読したマッカーサーは、こう話した。

「残骸の分析が終わった。あのスペイン人が乗っていたのは九六艦攻《ジーン》だ。連中が攻撃機《アタケ》96と呼んでいる機だ。ソードフィッシュでなくてよかった」

　パットンも得心がいったという風に返す。

「ムスタングで迎撃した戦闘機パイロットの無電を聞きましたが、ゼロ・ファイターはいなかったと明言していますぞ。固定脚の九六艦戦《クロード》かもしれません。

　スペイン海軍は航空母艦を二隻保有しており、すでにキューバに到着しているという情報もありますぜ。連中の機体でしょうな」

　マッカーサーは自説を続けた。

「イギリス海軍が直接攻めてきたわけではないな。その一点だけでも希望を抱くには充分だ。

　ところで、ハポンだが英語が流暢《りゅうちょう》すぎる。言動から考えて普通のパイロットじゃない。日本かぶれの点から推測して、通訳か連絡将校ではないか」

「日本《ジャップ》とスペイン《ヒスパニック》の繋がりが深い点から考えて、その推測に無理はありませんぜ。しかし、連中はどこを狙う気ですかね？　あなたは先ほどハポンのお陰でそれがわかったと話したが？」

マッカーサーは考えをまとめつつ話すのだった。

「空母二隻を擁するとはいえ、スペイン艦隊は非力だ。危険を冒してまで東海岸に接近したという事実は何を意味するのだろうか。

空爆した〈エンタープライズ〉が生ける屍《しかばね》なのはわかっていたはず。ならばなぜ？」

「見えすいた陽動だ。フロリダに上陸する前にちょっかいを出し、視線をニューヨークに振り向けさせるつもりだろう」

「私も最初はそう思った。だが、本当にそうだろうか？　たしかにフロリダはキューバにもっとも近く、基地反対派の活動で防備態勢の構築も遅れている。上陸作戦には適していよう。

しかし、フロリダが征服されたところで合衆国は降伏しない。また、南部連合《ディキシー》の独立派はフロリダに集結している。扱いかたによっては味方にもなる連中を攻撃するほど日本軍は暗愚だろうか」

腕組みをしてからパットンは言った。

「策士アドミラル・ヤマモトがくたばった以上、連中の行動には冴《さ》えがなくなっても当然じゃないですかね。結論を言って下さいよ。ジャップがDディを決行するとしたらどこです？」

「半島《ペニンシュラ》だ」

「……フロリダ半島ではなく？」

「うむ。デルマーバ半島だ。つまり、あそこだよ」

マッカーサーは窓外を指さした。黄色いバスが停まるケープメイ岬から二〇キロと離れていない場所に、陸地が展開している。

あっけにとられたパットンをよそに、マッカーサーは続けた。

「フロリダこそ陽動だ。奴らはここに来る。スペイン空母は本格侵攻の露払いとしてビッグＥを除去せんと欲したのだろう。次に来る本命の日本機が爆弾を無駄遣いせぬようにな。

　考えてもみよ。古来より敵国を屈服させるベストな方法は首都攻略だ。日本がワシントンＤＣの占拠を試みるのであれば、デラウェア州のデルマーバ半島は有力な候補地になるはずだ」

　歴史に強いパットンが言った。

「肯ける点はあるぞ。これまで北米東海岸には外敵が何度も上陸しているからな。

　二世紀前のフレンチ・インディアン戦争でも、ブラドック将軍率いる二二〇〇名のイギリス兵がバージニア州のウィリアムズバーグに上陸した。

デラウェア湾とチェサピーク湾は、天候さえ穏やかならば揚陸に向いている。

　守りも薄い。陸軍主力は主要都市を固めることで手いっぱいだからな。

　もしもデルマーバ半島を制圧されれば大変だ。北東にはニューヨーク、西にはワシントンＤＣがある。これでは攻撃方向を絞りきれず、守備隊は遊兵化する。

　こいつは放置できん。海軍作戦部長《CNO》のマーシャル海軍大将に頼み、陸軍参謀総長キング大将に警告してもらうことにしよう」

　だが、マッカーサーは悲しげな様子で首を横に振るのだった。

「無駄だ。私には絶対の確信があるが、まだ推測にすぎない。キングは理論で動く男だから、証拠を出さない限り信じてはくれん。陸戦の素人がなにを偉そうにと激高して終わりだろう。プライドの高すぎる人間にとって、現実は扱いにくい玩具でしかないのだから」

パットンも黙り込んだ。軍首脳の頑迷さは骨身に染みて承知しているからであった。

最前線における陸海軍の協力態勢は満足できるレベルであったが、上層部のいがみ合いは飽きることなく継続されている。敵が日本軍であることを忘れているのではないかと疑いたくなるほど、相剋《そうこく》は深刻であった。

「いちおう通達はしておきますぜ。後で知ってたくせに言わなかったと指摘されるのは癪《しゃく》だからな」

「頼む。ここは陸軍守備隊の奮起に期待しよう。侵略者ブラドック将軍も、モノンガヘラの戦いでフランス・インディアン連合軍に敗れ、戦死したではないか。

それより、パットン提督。貴官がここに来たのは偶然ではないはずだ。思うに、アイクからの命令を持って来たのだろう」

「お察しの通りだ。大西洋艦隊司令長官はご多忙でね。俺のような暇人をメッセンジャーに仕立て上げたんだよ。

最初に言っておこう。これほど非情かつ残酷な命令は海軍史上でも希有だ。ある意味、降伏よりも困難な任務だろう。正直な話、その命令が俺に下されなかったことを神に感謝している」

一呼吸おいてからパットンは続けた。

「アイクはこう言ったんだ。マッカーサー提督に、残存艦隊を預けるからフロリダに出向き、独立艦隊を名乗る一派を武装解除させろと。相手が応じない場合、実力をもってこれを排除せよと」

独断の雷撃で大西洋会談を頓挫させ、フロリダに逃亡したカーチス・E・ルメイ少佐が、同様の咎《とが》を負った潜水艦に集結を呼びかけ、侮りがたい戦力に成長しつつあるのは、マッカーサーも承知していた。合衆国海軍は内部から崩壊を始めているのだった。

「どれだけ無茶な命令かは、俺にもよくわかるぞ。敵ではなく、味方を殺せと言われたのだからな。

ルメイは反旗をひるがえしたわけじゃないと新聞で自説を展開しているが、ワシントンは謀反人だと決めつけているぜ。このまま放置すれば南部連合《ディキシー》が復活するってな」

マッカーサーも凝固したまま言う。

「それは私も聞いていた。ジョージアとアラバマには陸軍師団が集結しているらしい。日本軍が上陸した際の援軍部隊との触れ込みだが、その前にフロリダ全体を武力制圧するかもしれん。

この期に及んでも、まだ基地の全廃を主張するグリフィス知事を捕縛し、戒厳令をフロリダ全土に発令する気ではあるまいか」

「陸軍がそんな構えである以上、海軍も黙ってはいられないのだ。機先を制するためにも、明日には艦隊を率いてフロリダに出向いて欲しい。そうアイクは言ってる」

「艦隊か。どれだけのフネをもらえる?」

「ルメイの艦隊は潜水艦と駆逐艦だけだ。旧型戦艦で充分だろうとアイクが言っていた。〈アーカンソー〉〈テキサス〉〈ニューヨーク〉に軽巡二、駆逐艦一二。これでなんとかしろとさ」

戦艦は三隻とも艦齢三〇年になる老嬢揃いだ。速度もせいぜい二〇ノット前後しか出ない。艦長として前線に出してくれと頼みはしたが、これでどんな戦《いくさ》をやれというのだろうか。

「重油の手配は？」

「潤沢とは言えないな。割当が少なすぎる。火力発電所に最優先に回されているから、仕方がないと言えばそれまでなんだが……」


現在、大西洋艦隊の残存部隊をいちばん悩ませているのは燃料問題であった。

重油が足りないのだ。艦隊への割り当てはあったが、備蓄は減るいっぽうであった。軍艦は浮かんでいるだけで燃料を食らうものなのだ。

合衆国は複数の油田を持ち、かつては日本にすら輸出していたほどであったが、いつしか需要が供給を上回ってしまった。

海外油田からの輸入がストップしている現在、東海岸には国内から原油を回すしかないが、海路は都合がつかなかった。

恐るべきドイツUボート艦隊が、無制限潜水艦作戦を開始したのである。

特にフロリダ海峡が封鎖されたのが痛かった。キューバとの間に横たわる幅二二〇キロのそれは潜水艦で渋滞するまでになり、撃沈される油槽船《オイラー》の数は急上昇した。

あまりに沈む船舶が多いため〝鉄底海峡《アイアンボトムサウンド》〟という不吉な渾名《あだな》まで頂戴したほどである。

これでカリフォルニアやオクラホマはおろか、テキサス油田からの運搬すら困難になった。陸路を使えば安全だが、車輌輸送はあまりに経済効率が悪すぎる。

頼みの綱はペンシルベニアだった。そこのドレーク油田とはパイプラインが通じていたのだ。

大西洋艦隊は細い導管によって、どうにか命脈が保たれていたわけだが、パイプラインは爆弾一発で機能不全に陥る。

空襲どころか、工作員の潜入で東海岸一帯の燃料不足は深刻なレベルに陥るだろう……。

「発電所か。停電が続けば軍需工場も止まる。国民も厭戦《えんせん》に傾く。だが、重油は海軍にとって血液も同じ。まさかアイクも片道燃料で出撃しろとは言わないだろう?」

「詳しいことはノーフォークで聞いてくれ。フロリダ派遣の理由のひとつは、連中が貯め込んでいる燃料の徴発にあるんだよ」

暗澹《あんたん》たる気分に包まれたマッカーサーだったが、奇妙な感覚も同時に生じていた。

逆境でも冷静さを失わぬアイゼンハワーが、中途半端な指令を下すはずがない。ひょっとすると、これは政治力に富んだアイク一流の策ではないだろうか?

ふと、マッカーサーは正答に行き着いた気がした。アイゼンハワーの考えが完璧に脳内に入ったかのような感覚が五体を包んだ。

(これは窮余の一手だ。合衆国海軍の戦力を少しでも温存するためには戦線から遠ざけるしかない。つまり、アイクもまたフロリダが最前線にならないと判断しているのか)

確証はないが、それが真実に近いはず。マッカーサーはそう判断したが、表情には出さないよう留意した。単純なパットンには伝えたくなかった。真実は知るべき者が知っていればいいのだ。

「了解したとアイクに伝えてくれ。ノーフォークに行けばいいんだな」

「ずいぶん気軽に引き受けてくれるものですな。

断られると思っていたが」

「私はアイクの指揮下に入ると宣言した。行けと言われた場所に行くだけだ。ただ、敵地キューバのそばまで赴くにしては戦力が心許ない。〈サウス・ダコタ〉の同型艦が完成しているはずだ。あれを融通してはくれないか?」

「ああ、BB‐58〈インディアナ〉がどうやら戦力化したよ。ただ代償は大きすぎるぜ。

大破した〈サウス・ダコタ〉の修理はお座なりだし、三番艦〈マサチューセッツ〉と四番艦〈アラバマ〉は建造が中断されたぞ。資材を〈インディアナ〉に回すためにな」

「では、〈インディアナ〉を借りたいのだが」

「無理だよ。俺が乗るんだ」

潮焼けした顔をほころばせつつ、パットンは言った。

「あんただけを死地へ追いやるほど無責任じゃないぜ。俺も地獄へつきあう。もっとも相手がジャップに限定されるぶん、こっちの任務はいくぶん気は楽だが」

「なるほど、最後の水上砲戦部隊をアイクに委ねられたのだな。君が少し羨ましいよ」

壁に貼られた東海岸の全図を見据えてからマッカーサーは言った。

「近々、日本海軍は本格空爆に着手する。いつ、どこを攻めるかという点でイニシアチブを握られている以上、すべてを食い止めることは無理だ。

動き出している日本機動部隊を一刻も早く発見したいが、索敵用の潜水艦が足りない。湾港防御に投入したのは間違いだろう」

パットンも暗い顔で続いた。

「せめて悪天候なら、不利を帳消しにできるんだがな。今ならハリケーンだって歓迎するぜ」

それからまもなくのことだ。通信将校が血相を変えて部屋に飛び込んできた。

「大変だ！　ラジオをつけろ。フロリダの地方局が天気予報を流しているぞ。各局で中継しているから、もう全米に流れている！」

すぐさまパットンが訊ねた。

「あり得ないぞ。そいつは敵の謀略放送だ。いまや天気予報は機密事項だ。よほどの天変地異でもない限り……」

マッカーサーは部屋の一角に据えられたラジオのスイッチを入れた。よどみないアナウンサーの声が流れてきた。

『……繰り返し天気概況を申し上げます。大型できわめて強い勢力のハリケーンがメキシコ湾南東部に発生し、東北へ時速二五キロのスピードで進んでいます。

ハリケーンは勢力を拡大し、フロリダ半島を横断するものと思われます。その後も合衆国東海岸に沿って北上を続けるでしょう。今後の針路に充分警戒してください。

なおジャクソンビル気象台は、このハリケーンを〝レヤ〟と呼称すると発表しました』

無表情を決め込んだマッカーサーは、絶望の吐息を吐き出すのだった。

「愚かなり、フロリダよ。本気で合衆国から分離したがっているのかもしれないが、よもや敵軍に塩を送るとはな……」

2　旗艦出撃

グアンタナモ鎮守府、キューバ
一九四二年六月二日、午前九時一〇分

「ほう、ラジオ放送じゃあの野分《のわき》を〝レヤ台風〟と呼んでいるのか」

給糧艦〈間宮《まみや》〉の貴賓室に、第二八代連合艦隊司令長官小澤治三郎中将の声が響いた。

「はい。米国ではハリケーンに女性の名前をつける慣習があるのです。味気ない番号よりは面白いですな」

答えたのは奥宮正武《おくみやまさたけ》中佐である。小澤の抜擢で連合艦隊航空参謀に就任した人物だった。気象図に指を走らせながら奥宮は語る。

「長官、このままの針路を維持すれば面倒です。上陸予定日に台風が襲来する危険が大では、成功は覚束《おぼつか》きません。艦載機の運用ができなければ、制空権奪取など夢物語ですぞ」

「では、延期しろと言うのかね」

「ほかに手がありません。あの台風は合衆国に利する〝神風〟に変貌するでしょうから」

横から先任参謀の宮崎俊男《みやざきとしお》大佐が言った。

「今さら延期はできない。先発した機動部隊と砲戦部隊に続き、上陸船団も出撃を開始している。ここで引き返せば士気に響くだけでなく、重油不足で二度と攻勢などかけられなくなるぞ」

小澤は、第五艦隊に勤務していた宮崎を長官就任時に一本釣りし、連合艦隊先任参謀に抜擢していた。開戦前の図上演習で好んで米軍を指揮し、奇策を編み出す宮崎の頭脳を買ったのだ。

「参謀長はどう考えるか」

水を向けられた参謀長矢野志加三《やのしかぞう》少将は、自説を述べた。

「台風が直撃せずとも通信には障害が出ます。各艦隊との密接な連携が必要とされる本作戦では、これは致命傷になるかもしれません。

ただし、敵が準備している電波兵器も稼働率が落ちるはずです。索敵機も飛ばしにくいとなれば、発見される公算も低くなるかと。したがって、空襲の危険も少なくなりましょう」

電探と無電の技術向上が急務と考えていた矢野ならではの意見であった。

奥宮航空参謀がそれに続く。

「敵機が飛べないということは、我が艦載機もまた飛べないわけです。拠点爆撃が不可能となれば上陸部隊の支援ができません
昨日早朝。スペイン空母の艦載機はデラウェア一帯を威力偵察し、大損害を受けた模様です。相手の防空態勢は完璧と見なければ」

横から宮崎先任参謀が割り込んだ。

「ならば敵飛行場を戦艦砲で潰せばいい。多少の荒天でも巨艦ならば支障なく戦える。栗田中将にその旨を伝え、ハッパをかけましょう」

意見の衝突はあったが、小澤は満足していた。やはり人事を刷新して正解であったと。

練習巡洋艦〈香椎〉ごと壮烈なる戦死を遂げた山本五十六だが、連合艦隊のスタッフは〈大和〉に乗せていたため、参謀に犠牲者はいなかった。先任参謀黒島亀人《くろしまかめと》大佐や参謀長の宇垣纏《うがきまとめ》少将も無事である。

ただし、小澤は首脳陣を総入れ替えしていた。やはり子飼いの部下でないと、円滑な指揮はでき

ない。

特に今回の〝デ号作戦〟は乾坤一擲の大勝負である。常人の思考では勝利の女神は微笑まない。だからこそ、宮崎や矢野といった曲者《くせもの》をキューバまで呼び寄せたのである。

山本五十六が準備していた遺言で連合艦隊司令長官に選出された小澤治三郎もまた、常人の範疇《はんちゅう》にない人物であった。

自らが作戦立案に携わり、参謀いらずの司令官と呼ばれていた小澤だが、今回ばかりは幕僚たちの意見を存分に聞き入れていた。

靖国へと旅立った山本元帥は作戦計画書を残してくれたが、それはあまりに投機的すぎ、実行には困難が伴うものであった。取捨選択を行うには、それを策定した宇垣や黒島ではなく、第三者の視線が必要だった。

本来、小澤はグアンタナモ鎮守府で南雲忠一の到着を待ち、機動部隊の指揮を継承するつもりでいた。現に空母を率いて帰投した山口多聞少将から艦隊を預かり、再編制に着手してもいた。

ところが、あまりにも唐突に山本長官の死と、その後任としての責務が押し寄せてきたのだ。

これではとても実戦部隊までは手が回らない。小澤は空母艦隊を山口少将に、そして砲戦部隊を栗田中将に任せ、自らは戦線後方での総合指揮に専念したのだった。

日本海軍の提督としては珍しく、小澤は指揮官先頭を好む男であったが、なにせ大日本帝国始まって以来の大作戦である。ここは司令本部の存続を第一に考えるのが吉であろう。

旗艦選定も困難を極めた。

山本長官は〈香椎〉を好んで使ったが、防御が弱すぎることが露呈した以上、同型艦の〈香取《かとり》〉や〈鹿島《かしま》〉に将旗を掲げるのは無理だった。

できれば重装甲の戦艦が望ましい。完成を急がせた〈武蔵〉がキューバに到着していたが、一隻でも多く前線に回さねばならない現状を思えば、それも得策ではない。

ここで給糧艦の〈間宮〉を推したのが宮崎先任参謀であった。

武装は乏しく、速力も一四ノットと遅いが、陸軍輸送船団に紛れて戦場後方に陣取るのだから、別に問題はない。

外見は一本煙突の貨物船にしか見えず、狙われる危惧も小さい。

なによりもありがたいのは、無線監査艦としての役目を果たすため、強力な通信設備が装備されていた点であろう。

全長一三〇メートル、基準排水量一万五八二〇トンの給糧艦は、派遣先の大西洋にて連合艦隊旗艦となり、小澤の将旗を掲げたのであった。

宮崎先任参謀は、なおも強弁する。

「出陣した戦闘部隊に続き、輸送船団も抜錨中なのです。ここで中断すれば、また重油をかき集めるところから始めなければなりません。最低四週間はかかりましょう。合衆国が態勢を立て直すには充分すぎる時間です。今を逃せば合衆国を屈服させる機会は永遠にありません！」

奥宮航空参謀が言葉を選んで言った。

「やや季節外れだったとはいえ、台風の発生を読み切れなかったのは我らの落ち度です。そのツケを前線の兵士に押しつけるのは不条理でしょう。自分は捲土重来《けんどちょうらい》を期すべきと考えます」

矢野参謀長が最後に言った。

「のるかそるかの大一番に完璧を要求するのは欲張りすぎるというもの。最後は運が戦況を左右するでしょう。ここは、長官に御決断をお願い申し上げる次第であります」

熟慮し、逡巡した末に、小澤中将はきっぱりと言い切った。

「諸君、ここは勝負だ。山本前長官の命令を決行せよ！　最終目標の奪取がなるのであれば、連合艦隊の半分を磨り潰しても構わん！」

連合艦隊司令長官の命令がひとたび下った以上、それは絶対である。

三人の参謀たちは敬礼し、これ以後は作戦成功に全力を尽くすと誓うのだった。

もはや天候にかかわらず中止はない。グアンタナモ鎮守府は大わらわとなった。


出港を開始している四二隻もの大型貨客船が、一二ノットで北を目指す。

その過半数はイギリスとイタリアからの借り物だ。艦艇は派遣できないが、支援船舶ならば用意できるとヒトラーから申し出があり、日本もそれに乗った。英伊の貨客船を自在に動かせるのは、やはり欧州の覇者ならではの荒業《あらわざ》であった。

イタリアのムッソリーニは軽巡〈ジュゼッペ・ガリバルディ〉と駆逐艦六隻を派遣してきたが、それは観戦の雰囲気が強く、まさか前線には投入できない。小澤はこの七隻を船団護衛に従事させていた。最悪、弾よけにはなるはずだ。

完全なる枢軸連合艦隊とはとても呼べないが、ともあれ〝史上最大の作戦〟であることに異論はない。小澤も興奮に打ち震える自分を抑えきれずにいたのだった。

そして九時五五分――。

「空母〈瑞鶴〉索敵機よりの通信を傍受。出撃した米艦隊を発見した模様！」

急報がいきなり飛び込んできた。緊迫する司令部一同を前に、艦長万膳三雄《まんぜんみつお》大佐が続報を求めた。その返事はこうだ。

「戦艦一、軽巡一、駆逐艦八。空母は見えず。東へと高速で進軍中！」

小澤長官は唇を噛みしめた後、能面のような表情を崩さずに言った。

「最後の力を振り絞って出て来たな。受信しているだろうが、念のために山口少将に急報を打て。迎撃艦隊が接近中だとな」

3　オペレーション・クリサンセマム

チャールストン東方海域七三〇キロ
一九四二年六月二日、午前一一時四五分

連射された対空砲弾が、低くたれこめた黒雲を突き破った。

逃げ込んだ敵機に命中したかどうかは不明だ。残骸が落下して来ないのは、撃墜に失敗した証拠であろうか。

「ええい！　じれったい！　新世代の防空艦でも駄目なのかよ」

BB - 58〈インディアナ〉のブリッジにパットン少将の罵声が響いた。

彼は対空砲撃を続けるCL - 54〈サンファン〉を見据えた。

全長一六五メートル、基準排水量六〇〇〇トン。軽巡洋艦に分類されているが、実際はパットンの言ったように防空艦だ。

一二・七センチ両用砲を連装八基一六門搭載しており、対空レーダーSCも稼働している。一九四二年初夏の段階では、世界でもっとも飛行機に強い軍艦と断言して差し支えない。

それでも天気には抗《あらが》えなかった。雲間に隠れ、目視できない相手を撃墜するのは不可能だ。完璧な対空射撃ができる主砲管制レーダーは、まだ実装されていない。

横から〈インディアナ〉艦長ロバート・グロー海軍大佐が言った。

「提督、発見された以上、空襲は必死です。視界が遮られた条件で戦うのは、手足を縛られたのも同じ。このままだと不利でしょう」

「ふん。何か妙案でもあるのか」

「いっそ南下してはどうでしょう。ハリケーン・レヤに向かって全速で進むのです。暴風雨の中では敵機も飛べません」

悪くないアイディアだな。本能的にパットンはそう感じ取った。

目指すところは、日本上陸船団の撃破である。ハリケーンの影に隠れている連中を潰すには、ハリケーンを突破するのが最短経路だ。

針路に関してはパットンに自由裁量《フリーハンド》が認められていた。やろうと思えばできる。

しかし、その時であった。見張りからの急報が〈インディアナ〉を揺るがしたのだ。

「六時方向、距離三万九〇〇〇に正体不明の艦影を捕捉！　戦艦三隻を確認！」

グロー艦長が金切り声をあげた。

「すぐ砲戦距離に入るじゃないか！　SGレーダーは何をしていた！　肉眼の見張りに負けて恥ずかしくないのか！」

ここでパットンは艦長の肩に手をかけて言った。

「落ち着け。本土からジャップが来るはずがないだろう。あれは味方だよ」

予測は的中していた。それを裏付ける続報が、すぐにやって来た。

「識別信号確認。友軍です。マッカーサー提督の艦隊と思われます」

一気に緊張が緩むなか、パットンは双眼鏡をそちらへ向けた。遠方に艦影が確認できる。

BB-33〈アーカンソー〉だろう。今となっては玩具のような三〇・五センチ砲を一二門保有する旧世代の戦艦だ。

後方にBB-34〈ニューヨーク〉およびBB-35〈テキサス〉が続いていた。こちらも主砲口径が三五・六センチに大きくなった点を除けば、似たようなものである。近代化工事は完了していたものの、レトロな感じは否めない。

「鈍足艦ばかりを揃えたのに、早くもここまで南下してきたか。予想よりもずっと早いぜ。

さすがはマッカーサーだ。なすべき仕事を理解し、的確になし遂げてきやがる。あの男さえ生き残れば、我が海軍の再建は容易だろう」

パットンは確信した。俺の任務はひとつだけ。マッカーサーが無事フロリダまで到着できるよう側面からサポートすることだ。

戦力としては期待できない旧型戦艦だが、存在するとしないとでは天と地の開きが生じる。次の世代に復讐を託すには必要不可欠な艨艟だ。あの戦艦にほかにどんな使い方があると？　ありゃあしないよ！

「第三航行序列。輪形陣を組め。針路このまま」

腑に落ちない命令にグロー艦長は言った。

「それでは〝レヤ〟から逸れる格好になります。空襲は必至ですが」

「ハリケーンに飛び込んだらどうなるんだ。敵機が来る前に波浪と戦わねばならんだろう。

この〈インディアナ〉はもつが、駆逐艦は沈む。それほど巨大なハリケーンなんだ。

ここは密集陣形で東進を続けたほうが得策だ。陸軍飛行隊も上空支援を約束してくれているじゃないか。針路を変えると連中も戸惑う」

「西経七〇度を越えて東進すれば、どのみち直衛機は期待できませんよ」

グロー艦長の言った通り、それが航空支援の目安だった。どの基地からも往復で一五〇〇キロを超えてしまえば、来てくれる戦闘機は限られてしまう。

日本側もそれは熟知している。どこに上陸するにせよ、西経七〇度を越えた時こそ連中が本気を出す頃合いだ。それに対する心構えをパットンは述べるのだった。

「我らは、もとより生還を期さず。合衆国本土に攻め寄せる侵略者と刺し違えることだけが務めだ。それがわからぬ者は申し出よ。ただちに職務から解放し、海に叩き込んでやる！」


合衆国はキューバに諜報組織を展開しており、日本艦隊の動向はかなりのレベルでつかんでいた。

五月三〇日から三日間にわたり、全艦艇が順次出撃を開始した。侵攻計画は最終段階に突入したと考えたほうがよい。

サウスカロライナ州のチャールストン軍港にて待機中であったパットン艦隊は、ただちに抜錨。その迎撃に向かった。

後世に〝菊花作戦《オペレーション・クリサンセマム》〟として伝えられる悲劇の始まりであった。

パットン艦隊と評したが、その規模は小さい。旗艦〈インディアナ〉と防空軽巡〈サンファン〉のほかに駆逐艦が八隻いるだけだ。

駆逐艦〈ハンブルトン〉〈ロッドマン〉〈アーロン・ワード〉〈ブキャナン〉〈ダンカン〉〈ランスダウン〉〈ラードナー〉〈マッカラ〉――すべてフィラデルフィア造船で建造された新鋭である。

性能は悪くない。だが、あまりに寡兵すぎた。実戦に投入できる空母がない以上、エアカバーは限定される。これで遠出をすれば、敵機の餌食になるだけだ。

アイゼンハワーも出撃を見合わせるべきと力説したが、ウィルキー大統領の脅迫に近い要望の前には妥協せざるを得なかった。

「海軍にもう軍艦はないのか？　だとすれば終わりだ。領土を割譲してでも日本に和議を請うしかない。私は合衆国最後の大統領として歴史に悪名を刻むわけだな」

国家元首が戦意を喪失したのでは、国民が継戦の意欲を保てるはずがない。合衆国海軍は戦力が残っていることを教示するため、勇者の如く斃《たお》れる運命を強いられたのである。

面倒を押しつけられたパットンであるが、彼は勇者たらんと欲する男だった。マッカーサー提督のフロリダ行きが決定すると同時に、彼は〈インディアナ〉に乗る決意を固めた。

しかし、パットンは驚愕することになる。オペレーション・クリサンセマム――それは作戦とは言いがたいレベルの軍事行動だったのだ。

「標的は輸送船団に限定し、砲戦力をもってこれを撃破。もし阻止できなかったならば、上陸ポイントに乱入し、砲弾を撃ち尽くせ。その後、乗組員は陸兵となって敵兵を掃討せよ……」

果てしなく虫のよい作戦だが、大西洋艦隊司令部は本気であった。艦内には小銃に実弾、そして手榴弾などの陸戦兵器が大量にストックされた。

唯一気に入ったのは、子細をすべて現場指揮官に一任するという文言であった。最悪でも死に場所は選べるわけだ。

ならば合衆国海軍ここにありの姿を、暁《あかつき》の水平線に刻むこともできよう……。

死線をくぐれ。部下と自らにそれを強要したパットンであったが、その覚悟はすぐに試されることになる。

「こちらレーダー班！　ＳＣレーダーが敵編隊をキャッチ！　数は四機から五機。東南東より急速接近中！」

反射的にグロー艦長が命令する。

「偵察爆撃隊か。対空戦闘即時待機だ。まず妨害電波を流して連中の耳を潰せ！」

戦艦〈インディアナ〉のブリッジは急激に慌ただしくなった。同時に、水兵たちは引き締まった表情に変貌した。脅えた様子は皆無だ。

パットンは確信した。この若者たちはすでに死線を越えている。この先、どんな地獄が口を開けていようとも、最後まで戦い続けてくれるに違いないと。

最後尾に位置する駆逐艦〈マッカラ〉から吉報

が届いたのは、その頃であった。

『西方より味方機接近。P38の模様！』

キューバ戦やコロンビア攻撃でも活躍した双胴の陸軍機だ。約三〇〇〇キロを飛べ、艦隊防空にも投入可能なのが強みだった。

その数は六機。少ないが敵偵察隊を撃退するには充分すぎる。

だが、しかし――。

「軽巡〈サンファン〉より緊急連絡。さらに後方に敵機大集団。少なくとも五〇機以上！」

偵察隊と間を空けずに飛来した本命の登場にも部下は狼狽《ろうばい》しなかった。開き直りと余裕さえ感じられた。パットンはそんな彼らに吉報を告げる。

「こいつはいいぜ。最初に発見されてから敵機が来るまで四五分だ。つまり、日本空母はすぐ近くにいるってわけだ。奴らのケツを蹴り飛ばす絶好の機会じゃないか」

グロー艦長もそれに続く。

「日本機の巡航速度から逆算して、発進した空母は一〇〇キロ以内にいますな。敵機を撃退したなら、その逃走経路を追いましょう」

「ああ。絶対に空襲を切り抜けて、鉄と血の復讐を完遂しようぜ」

断言したパットンに新たな報告が飛ぶ。

「味方機が速度を上げた！　敵編隊へ突撃中！」

勇敢なP38を見上げながら、パットンは呟く。

「……あのP38はテッィルモピレーの戦いに参陣したスパルタ重装歩兵だな。数は五〇分の一だが、きっとスパルタ王レオニダスのように、数倍の敵を斃してくれるに違いあるまい。

そして、俺はサラミスの海戦で勝利したテミストクレスとして君臨しなければならん……」

「二時方向より雷撃機が来ますッ！」

直後、パットンは吠えた。

「全砲門発射せよ！　以後は独自の判断で撃ってよし！」

一喝に弾かれたように、戦艦〈インディアナ〉は活火山となって砲弾を吐き出した。

4　闘将対闘将

チャールストン東方海域八〇〇キロ
一九四二年六月二日、午後一時五分

「長官、第一次攻撃隊の戦果がまとまりました。悪くない数字が出ておりますぞ」

航空母艦〈飛鷹〉艦長の別府明朋《べっぷあきとも》大佐が早口で言った。

「敵戦艦には魚雷一、爆弾二を命中させ、中破と判断。軽巡は魚雷二を受けて航行不能。駆逐艦一隻を撃沈、二隻を大破……」

「損害はどうなっている？」

「未帰還機一八機です」

第三航空戦隊司令長官角田覚治《かくたかくじ》少将は、その報告にも満足できなかった。

「戦爆連合六〇機を出したのに、戦艦を仕留められなかったか。これが山口少将の耳に入ったら、第一航空戦隊も艦載機を出してくるぞ」

それは喜ばしくない状況である。山口機動部隊の〈飛龍〉〈蒼龍〉〈瑞鶴〉〈翔鶴〉の四空母は合衆国本土空爆のために温存せねばならぬ。航空優勢の確保には、艦載機は一機でも多いほうが望ましい。しかし、闘将で知られる山口多聞が黙っていられようか?

そんな筈もなかった。敵艦隊を発見したのは〈瑞鶴〉を出発した二式艦偵であり、角田はそれを傍受したにすぎない。山口からすれば、角田は獲物を横取りしたことになる。

別府艦長が言った。

「空襲には我が艦隊の艦載機のほかにも〈蒼龍〉の偵察爆撃隊が参加していたようです」

「偵察爆撃隊? 米空母の真似をした奴か。だとすれば口を出してくるだろうな」

角田の予想は的中した。それから数分もせぬうちに、二五〇キロの北方を進む〈飛龍〉から電文が届いたのだ。

『イカガセラルルヤ。手ニ余ルナラバ加勢スル』

ぶっきらぼうな調子だが、言いたいことはわかった。すぐに返電を命じる角田であった。

「助太刀無用。三航戦ノミデ沈メル」

二分と経過しないうちに山口少将から、

『貴殿ガヤレ。成功ヲ祈ル』

との電文が届いた。これで東進する〈サウス・ダコタ〉型戦艦の処分は、第三航空戦隊に一任されたわけである。

たかが戦艦一隻と、放置は許されない。陸軍五個師団を乗せた輸送船団に接近を許せば面倒を招く。それに決死の覚悟で立ち向かってきた相手だからこそ、敬意をもって屠《ほふ》らねばならぬ。

「敵艦隊の速度は」

「二七ノット前後です。船足が落ちませんね」

別府艦長の答えに角田は唇をへの字に曲げた。

こちらの艦隊速度は二五ノットが限界だ。

このままではいずれ追いつかれてしまう……。

角田の第三航空戦隊は空母を柱とする機動部隊であった。

旗艦〈飛鷹〉および同型艦〈隼鷹〉、小型空母〈龍驤〉〈祥鳳《しょうほう》〉——これら四隻の艦載機は合計一五二機に及ぶ。まず堂々たる航空戦力と評価してよい。

その周囲を軽巡〈神通《じんつう》〉〈那珂《なか》〉と駆逐艦八隻がガードしている。護衛が少ないのは輸送船団に駆逐艦が必要とされたためであった。

それよりも気がかりなのは〈飛鷹〉と〈隼鷹〉の足にあった。客船を改造した空母であるため、最大速度は二五・五ノットと物足りない。

サイズだけ見れば〈蒼龍〉型と大差なく、艦載機の運用にも支障はないが、追撃を受ける際には意外な弱点となってしまった。

「レヤ台風のもたらした雲のせいだと言えばそれまでですが、敵艦隊の発見が遅すぎました。あの時で相対距離は九〇キロ。報告によれば、もう七〇キロしか離れていない計算になります」

別府艦長の意見に角田も肯いた。

「ならば一刻も早く第二次攻撃隊を飛ばし、禍根を断つべきだな」

「そうしたいのはやまやまですが、現在の風上は南南西です。合成風力を得なければ雷撃隊は発艦できませんが、そうすると……」

「敵戦艦に接近してしまうか。しかし、死中に活を求めねばならん場面もある。

よし、まずは艦隊を割るぞ。〈龍驤〉〈祥鳳〉に駆逐艦二隻をつけて逃がせ。あの二隻は第一次攻撃隊で艦爆を使い切ったはずだ。二八ノットは出せるから振り切れるだろう。

本艦と〈隼鷹〉は南南西へ転進し、神風の助けのもと第二次攻撃隊を発艦させるのだ！」

＊

日本海軍の攻撃隊が撤収した時、〈インディアナ〉の損害は生半可なものではなかった。

魚雷一本を左舷中央に食らい、重油が漏れ出ていた。ヴァイタル・パートの中央であり、海水の流入が少ないことだけが救いだった。

むしろ急降下爆撃機が投げ落とした爆弾のほうが痛かった。艦尾に激突したそれはC砲塔のターレットを歪ませ、以後の旋回を不可能にした。

また、左舷両用砲群の中央に炸裂した二五〇キロ爆弾の威力は凄まじく、五基の一二・七センチ両用砲のうち、四基が射撃不能になっていた。

護衛も派手にやられた。

軽巡〈サンファン〉が舵に被雷して航行不能となり、駆逐艦〈ラードナー〉は沈没。〈ハンブルトン〉と〈ダンカン〉は大火災を起こしていた。

P38も奮戦して敵機六を撃ち落としたが、零戦の反撃に遭い、撃退されてしまった。元来が速度を生かした一撃離脱を得意とする機体であり、低空での格闘戦は不得手であったのだ。

そして午後一時四〇分――。

「敵機、第二波が来ます！」

グロー艦長はすぐに対空戦闘を命じたが、火器はめっきり威力が損なわれていた。五隻に減った護衛艦も必至に砲弾を撃ち上げるが、雲間の日本機に命中させるのは困難を極めた。

「急降下！　来る！」

取り舵を命じたが間に合わなかった。数秒後、前甲板に雷光が走る。

「A砲塔に直撃弾、炎上中！」

続いて頭上に衝撃が走った。

「通信アンテナ倒壊、レーダー全損！」

荒れた呼吸の狭間からパットンは指示を出す。

「ジャップは左舷から本艦を狙ってる。集中攻撃を命じられているのだな。

艦長！　急降下爆撃機はもういい。雷撃機を集中して叩け。魚雷を左舷にばかりもらうと転覆するぞ！　駆逐艦をすべて本艦の左舷に展開させろ」

「ですが、通信系統はもう……」

「なんのための手旗信号だよ！」

結果的にだが、パットンの命令は正しかった。

第二次攻撃隊はまさしくパットンの読み通りの攻撃を試みていた。九九艦爆で対空火器を潰し、その後で九七艦攻を左舷側に突っ込ませ、雷撃で仕留めるつもりであった。

その内訳は零戦八機、九九艦爆一二機、九七艦攻二四機である。すべて〈飛鷹〉および〈隼鷹〉の飛行隊であった。

しかし、パットンの命令に基づき、生き残りの駆逐艦五隻が雷撃機の進路を阻んだ。本命の九七艦攻もその火箭の前に曝され、数機が墜落した。

勇敢にも〈アーロン・ワード〉と〈マッカラ〉は戦艦〈インディアナ〉の楯となり、魚雷を受けて二隻とも轟沈した。ほかにも〈ランスダウン〉が被弾し、大火災を起こしている。

「敵機直上！」

グロー艦長は回避命令を出さなかった。いや、出せなかった。迫り来る航空魚雷から逃れるべく面舵を取ったばかりだったのだ。

一様に青ざめるブリッジメンバーに、パットンは断言した。

「大丈夫だ！　装甲を信じろ！」

だが、根拠のない自信は数秒後に打ち砕かれることになる。今までとは比較にならない爆発が、戦艦〈インディアナ〉の前檣楼に走ったのだ。

破滅をもたらしたのは、九九式八〇番五号爆弾であった。真珠湾で米空母壊滅に寄与したそれは、戦艦砲弾を改造した対艦弾である。

投弾したのは〈隼鷹〉飛行隊所属の九七艦攻であった。二四機の艦攻はすべてが魚雷を抱いていたわけではない。六機だけは水平爆撃のため、自重八〇〇キロの爆弾を抱いていたのだ。

攻撃したのは佐藤治尾飛曹長であった。ニューヨーク港でも水平爆撃で〈エンタープライズ〉に直撃弾を与えた男である。

今回も命中したのは一発だったが、それで充分すぎた。三五〇〇メートルの高みから投擲《とうてき》されたそれは塔状のブリッジを砕き、〈インディアナ〉の首脳陣を殲滅したのだ。

悪運の強すぎる一名を除いて……。

被弾の衝撃は自覚できるものではなかった。視界が白み、そして暗くなった。五感に痺《しび》れが走り、意識が飛んだ。

それが回復したのは肩に走る激痛だった。まだ生きている証拠に安堵しつつ、パットンは両眼を開いた。

見えたのは曇った空であった。直撃弾で前檣楼は打ち砕かれ、天井に大穴があき、驚いたことに露天艦橋に変貌していたのだった。

半壊した航海艦橋は無人だ。グロー艦長の姿もない。パットンは、自分ひとりが違う世界に投げ出されてしまったのかと錯覚したが、それは間違いだった。他の皆は天井と壁の大穴から、艦外に吹き飛ばされてしまったのだ。

痛みをこらえて立ち上がる。半壊したブリッジ側面に移動し、裂け目から甲板を覗いたが、艦長らしき姿はなかった。

洋上に視線を注ぐ。まだ敵機は乱舞していた。水平線の彼方からやって来た脅威対象に、戦艦は一方的に殴られている。

かつて国力の象徴であった戦艦は、ここに歴史の幕を降ろそうとしていた。そのアンカーとしての役割を果たしたことに、パットンは奇妙な安堵を覚えるのだった。

(この先、戦争はどんな形態をたどるのか? 聞けば原子爆弾という大量破壊兵器の構想もあるらしいぞ。一発で街を消滅させられる恐るべき爆弾だが、そんな代物を〝兵器〟などと呼びたくはないな。人間は棒で殴り合うくらいで進化をやめるべきだったのかもしれぬ……)

諦観がパットンを包もうとした刹那《せつな》であった。双眸が何かを捉えた。白波が見え隠れしている水平線に、褐色の影が二つ確認できる。

彼方にいるはずの脅威対象であった。パットンは無事だった伝声管にかじりつくと叫んだ。

「B砲塔、聞こえるか」

返事はすぐあった。

『こちらB砲塔。ブリッジは健在なりや』

声が小さく、よく聴き取れなかった。パットンはまだ右の耳の鼓膜が破れていることに気づいていない。

「よく聞け。一時方向の彼方にジャップの空母がいやがる。自由射撃の権限を砲塔に与えるから、さっさと撃て！」

やっとブリッジに水兵が何人か上がってきた。パットンは若い彼らに怒気を叩きつける。

「操舵室と機関室に伝令を出せ。針路このまま。全速前進！」

＊

この瞬間、空母〈飛鷹〉の艦橋からも米戦艦は視認できていた。

「反転だ。東に全速で逃げろ！」

別府艦長はすぐに転舵を命じたが、角田少将に焦りはなかった。

距離は三九キロ離れていたし、相手は半死半生である。主砲も撃っているが門数も少なく、どこを狙っているのかもわからない有様だった。


すぐさま軽巡〈神通〉〈那珂〉が速度を三三ノットまであげて突っ込んでいく。第一〇駆逐隊の四隻もそれに続いた。

新鋭の〈秋雲《あきぐも》〉〈風雲《かざぐも》〉〈巻雲《まきぐも》〉〈夕雲《ゆうぐも》〉だ。

全艦、酸素魚雷の発射準備を終え、雷撃隊形を組んでいる。

敵艦隊からも二隻の駆逐艦が突っ込んできた。生き残りの〈ロッドマン〉と〈ブキャナン〉であった。

二隻は〈インディアナ〉の突撃を支援すべく、ありったけの火砲を撃ち放ち、日本駆逐艦と矛先を交えた。

戦意は充分すぎたが、すでに二度の空襲を経ており、少なからぬ被害を受けていた。乗組員も疲労困憊だ。状態と隻数で勝る日本駆逐艦には太刀打ちできなかった。

先頭の〈秋雲〉に直撃弾二を与えて小破させたものの、そこまでだった。〈ロッドマン〉は艦首を打ち砕かれて立ち往生し、〈ブキャナン〉は火炙りにされた。

丸裸となった〈インディアナ〉に〈神通〉と〈那珂〉が遅いかかる。一四センチ砲を連打しつつ接近し、距離九〇〇〇から雷撃を敢行した。

だが、間合いがありすぎた。軽巡二隻から発射された一六本の九三式酸素魚雷のうち、命中したのは一本だけだ。しかし、右舷艦尾寄りに突き刺さったそれは甚大な浸水をもたらし、速度は一八ノットまで落ちた。

もはや全砲門は沈黙し、反撃の素振りはない。だが、あくまでも〈インディアナ〉は進撃を諦めようとはしなかった。第一〇駆逐隊が急接近して主砲を浴びせ、全艦は燃える溶鉱炉と化したが、それでも足並みは止まらない。

「よく見ておけ。あれこそがヤンキー魂だ。我らに大和魂があるように、合衆国にも苦難の道程を乗り越えて独立したという誇りがある。

その本土を侵そうというのだ。安易な覚悟では勝利など覚束ないぞ。敬意をもって敵を屠れ！」

角田がそう言った直後であった。

不意に〈飛鷹〉の足並みが崩れた。すでに転舵を終え、安全圏に脱出した〈隼鷹〉の姿が、みるみるうちに遠くなっていくではないか。

「どうした。速度が落ちているじゃないか！」

声に狼狽《ろうばい》を滲《にじ》ませながら別府艦長は叫んだ。数十秒の間合いの後、機関室から報告が入った。

「機関故障！　缶圧が上がりませんッ！」

日本郵船が建造中であった〈出雲丸《いずも》〉を空母に

改造した〈飛鷹〉は、とにかくクセの強いフネであった。

最大の難物は機関だ。川崎ラ・モント式強制循環缶は、軍艦では前例なき高温高圧缶であり、取り扱いは困難を極めた。また商船であるため、巡航タービンを保有していないのも弱みだった。

完成を九〇日近く早めて軍艦旗を掲げたことも悪影響を及ぼした。機関員は習熟訓練の余裕すら与えられず、いきなり実戦に投入されたのだ。

この土壇場で機関出力が激減したのは、客船の機関に不慣れな機関員が後先考えずに缶を焚き、循環缶にひびが入ったためであった。

実は、大西洋廻航の途中でも同様の故障が生じており、だましだまし使ってきたのだが、その限界が土壇場で噴出したのだ。

＊

「発揮速力八ノット。復旧の見込みなし……」

約束された勝利が指からすり抜ける瞬間を体験した〈飛鷹〉の艦橋は、まるで通夜のような空気に満たされた。薄くなりゆく戦意を引き戻すべく、角田少将は叫んだ。

「うろたえるな！　敵艦来たりなば、これを誅《ちゅう》す。我らは一歩も引かず戦うまで！　ありとあらゆる手段を動員し、敵艦を撃つのだ！」

別府艦長が悲壮な表情で言う。

「第一次攻撃隊はすでに爆装を終えていますが、この速度では発艦は無理です。合成風力が得られません」

「本艦にはまだ高角砲も機銃もあるじゃないか。それもなければ軍刀か小銃で戦え！」

BB-58〈インディアナ〉は断末魔を迎えようとしていた。

すでに両用砲も機銃群も壊滅し、反撃の手段は潰えたかに思われた。被弾による火災に全艦が包まれているが、喫水線下の傷は浅く、速度は一七ノットを維持できている。

パットンも無事だ。地獄への道連れを欲する彼は、島型艦橋《アイランド》と煙突が一体化した敵空母への突撃を命じていた。

「ジャップの空母は足並みを落としたぞ。煙突から煤煙が出ていない。機関が不調なんだな。この機を逃すな！　B砲塔、直接照準！」

まだ一門だけ生きている前甲板の主砲を轟然と放った。しかし、砲塔の測距儀が破壊されているため、砲撃精度は悪すぎた。

やがて包囲する日本駆逐艦が雷撃戦に移った。回避する術などない。〈インディアナ〉は四本の魚雷を受けてしまった。

これで速力は一四ノットに落ちたが、両舷に二本ずつだったため、不思議と艦の安定は保たれている。

相対距離はいつしか二〇〇〇メートルを切った。空母も高角砲を水平射撃で撃って来た。命中と同時に火焔が飛び散ったが、〈インディアナ〉の勢いは止まらない。

「五秒後に面舵だ！　空母の横腹に噛みつくぞ。衝撃に備えろ！」

パットンが叫んでから四二秒後――奇跡と悪夢は同時に現実化した。

米戦艦〈インディアナ〉と日本空母〈飛鷹〉は、大西洋上において文字通り激突したのだった。

目撃者は語る。

二匹の蛇が共食いをし、絡み合い、互いに煉獄《れんごく》の火に焼かれながら、海底へその身を沈めていったと……。


最後の最後まで戦うことを諦めなかったパットン提督の意地が、戦場で小さな勝利を呼び込んだのは事実である。

だがしかし、それでも——戦術的勝利で戦略的不利を覆すことはできなかった。

パットン艦隊は戦果を残しつつも全滅した。これ以後、合衆国大西洋艦隊の活動は潜水艦に限定されることになる。

ここに合衆国海軍は上陸阻止の手段と意欲を失ってしまった。軍靴の響きは着実に本土へとにじり寄って来た。


そして、一九四二年六月六日払暁《ふつぎょう》——。

日本軍は怒濤の勢いでデラウェア州デルマーバ半島東岸に上陸を開始したのである。

第五章　皇軍、米本土上陸ス

1　Dディ

合衆国東海岸
一九四二年六月四日～六日

日清日露の戦いを通じ、日本陸軍は揚陸作戦に一定の自信を得ていた。

成功の秘訣はひとつ。一分でも一秒でも早く、一兵でも一輛でも多くの軍勢を上陸させる。

ただそれだけだ。

そのために最適なのは、水際に築かれた堅陣を突破する敵前上陸ではない。夜陰に乗じ、守りが薄い場所に一気呵成に軍を水揚げする奇襲上陸こそ最適解であった。

ただし、大前提として制海権と制空権が必要となる。合衆国大西洋艦隊は艦隊と戦意を喪失し、制海権は確保できていたが、制空権奪取が至難の業であった。

幸いにして合衆国陸海軍の飛行場と民間空港の場所は判明している。これをDディの前日までに一時的にでも使用不能とし、航空優勢を勝ち取ることが最優先課題となった。

山口多聞少将の率いる機動部隊は四空母の総力を結集し、四日早朝にはニューヨーク、フィラデルフィア、ボルチモアの航空基地を目指して飛んだ。

六月一日に実施されたスペイン空母〈デダロ〉

〈イカロ〉の空爆により、敵陣が頑強な防空態勢を準備していることが明らかとなっていた。

奇襲は望めず、強襲となる。相当な損害を覚悟しなければなるまい。

しかし、状況は意外な方向へ転んだ。

戦爆連合一八九機の攻撃編隊は脅威対象となる飛行場を叩き、赫々《かっかく》たる戦果を残した。特に二度目となるニューヨーク近辺への空襲では、敵の迎撃機を圧倒し、滑走路を使用不能なレベルにまで破壊した。未帰還機も編隊全体で二一機と許容範囲内であった。

四日の午後には追随してきた第三航空戦隊の三空母――〈隼鷹〉〈龍驤〉〈祥鳳〉とも合流に成功し、損害の穴埋めもできた。

そして角田覚治将が旗艦〈飛鷹〉と共に散った事実を聞かされた山口多聞は、僚友の死に復讐の念を抱くのであった……。

日本空母の攻撃隊が軽微な損傷で任務を完了させた裏には、合衆国側の事情も介在している。

北米東海岸の防空指揮を執るのはレイモンド・A・スプルーアンスであった。パナマでパットン提督に協力させられた陸軍少将だ。

陸海軍航空隊の実状を知るスプルーアンスは、水際防御は不可能に近いと判断していた。

P38〝ライトニング〟やP51〝ムスタング〟など新鋭機は揃いつつあったが、訓練が不充分だ。熟練パイロットがハワイで捕虜になった穴はまだ埋められていない。

西海岸で搭乗員の大量養成は始まっているが、実戦に投入できるのは早くても晩夏になる。日本軍の進撃がそれだけ急だったのだ。

また英国本土航空決戦《バトル・オブ・ブリテン》という前例もスプルーアンスを躊躇させた。

あくまで海峡を突破させせまいと奮戦したイギリス空軍《RAF》だが、結局、ドイツ空軍《ルフトバッフェ》と共倒れするような結末を迎えてしまった。グデーリアンの機甲部隊が上陸を果たした時には、空爆でこれを撃攘《げきじょう》する余力は残されていなかった。

同じ失敗を繰り返すわけにはいかない。慎重派のスプルーアンスは日課の散歩をしつつ策を練り、予備戦力を内陸部に配置し、主攻勢方向を見定めてから反撃に出ることを決意した。

陸軍上層部もホワイトハウスも、スプルーアンスの決断を支持した。彼らはこの期に及んでもフロリダに日本軍が上陸する危険を説いていたのだ。

より正確には、フロリダに上陸してくれれば、諸般の問題が一気に解決すると考えていた。

半島ならば戦場を限定できる。出口さえ塞げば日本軍を閉じこめて袋叩きにできる。また、露骨に基地反対を唱えるD・W・グリフィス知事の鼻を明かすことも可能であろう。

つまり〝後の先〟を狙ったわけだが、これが裏目に出てしまった。人智ではどうにもならぬ計算外の天災が襲来したのだ。

ハリケーン・レヤがそれであった。

フロリダ半島を横断して北東へと進むレヤは、五日にはノースカロライナの沖合に達し、さらに速度をあげつつあった。

このペースを維持すれば七日午後にバージニアを抜け、デラウェアまで到達するはずだ……。

野心的な米本土侵攻計画を実施した日本軍であったが、戦況はけっして有利ではなかった。

キューバという足がかりを得たとはいえ、世界的にも前例なき渡洋作戦であるし、また合衆国はあまりに広すぎた。

拠点では有利に立てても、やがては広大な大地にすべてが呑み込まれてしまう。だからこそ、利用できるものは何でも利用しなければならない。

連合艦隊司令長官小澤治三郎中将が、接近するハリケーン・レヤを神風として味方にすることを考えたのは、至極当然であったと言えよう。

小澤は、旗艦〈間宮〉に便乗していた第二五軍司令官山下泰文《やましたともゆき》陸軍中将に直訴した。

「上陸を六時間繰り上げてもらいたい」

予定では、六月六日午前六時にデラウェア州ミルフォードの東岸に揚陸を開始することになっていたが、それを深夜零時にせねばならないと。

完全なる夜間上陸だ。諜報員情報で敵陣がない事実はつかんでいたが、危険度は跳ね上がるだろう。

山下は渋い顔をしたが、レヤ台風の針路予想図を見せられた直後、海軍の作戦変更案に同意すると宣言したのだった。貨客船ごと台風で沈められるよりは、敵地を軍靴で踏み締めるほうがマシである。

快諾した山下将軍に対し、小澤も誠意で応じた。デラウェア湾には生き残りの戦艦八隻をすべて投入し、支援砲火に万全を期すと。

これに焦ったのが栗田健男《くりたたけお》中将である。

八戦艦で構成された水上砲戦部隊のトップである彼は、当初の構想どおり闇に紛れて南下し、チェサピーク湾へ向かっていた。

湾内に侵入してポトマック川を遡れば、ワシントンDCを直接艦砲で叩けるが、敵もそれに気がつかないほど愚かではあるまい。潜水艦と機雷で歓迎の準備をしているはずだ。

死地にも思える場所へと進軍していた栗田艦隊だが、チェサピーク湾に飛び込む案はなかった。矛先を向ける要地はノーフォークだ。

東海岸でも最大の軍港である。それを通り魔のように艦砲で叩き、敵の視線をデラウェアから引き剥がすのが目的だった。

ノーフォーク基地司令官であったジェームズ・ギャビン海軍准将は敵艦隊襲来に備え、打てる手はすべて打っていた。日本海軍は、都市よりも軍事基地や飛行場に攻撃を集中することが多い。今回もそうだろう。

大西洋艦隊司令長官アイゼンハワーも同意見であった。彼もノーフォークへの援助を惜しまなかった。

まずは潜水艦を一八隻集結させ、港湾防備に従事させた。同時にチェサピーク湾と大西洋を繋ぐ海峡には、足の踏み場もないほど機雷を敷設した。

航空部隊も充実させた。第八二雷撃隊を新編し、全米から夜間雷撃のエキスパートを揃えた。新鋭機グラマンTBF〝アベンジャー〟を軸に、輸送機や訓練機まで勘定に入れれば、飛行隊の総数は三四三機を数えた。

五日の午後には、PBYカタリナ飛行艇が栗田艦隊を発見していた。しかし、ギャビン提督は日没まで待機せよと命じたのだった。

敵戦艦部隊には軽空母〈鳳翔《ほうしょう》〉が同行している。防空戦でゼロ・ファイターは無敵に近く、勝算がない。ここは夜間雷撃に徹し、潜水艦との共同出撃で対抗すべきだ。分散配置している駆逐艦にも魚雷戦で対抗させねばならない。

そうしたギャビンの目論みは脆《もろ》くも崩れ去った。

ノーフォーク沖合六〇キロの海域で栗田艦隊は〝謎の反転〟を行い、北上に転じたのだ。

栗田からすれば命令にしたがっただけだが、肩すかしを食らったギャビンは戦意不足だと咎められ、准将の位を剥奪されてしまった。

三七歳という若さで提督となったギャビンは再び大佐となり、ノーフォークで来るはずのない敵艦を待ち続けることになる……。

合衆国陸軍は日本軍の上陸をフロリダと読んでいたが、北米東海岸の可能性を無視していたわけではなかった。

ただし、フロリダからメインまで二四〇〇キロもの海岸線をすべて防御するのは無理だ。守備はどうしても決め打ちになってしまう。

目標がワシントンDCであれば、チェサピーク湾に侵入してノーフォークを占拠し、リッチモンドから北上を試みるであろう。

またニューヨーク占領を望むのならば、ロングアイランド島に上陸するに違いない。

あるいはニュージャージー東岸を襲い、フィラデルフィアを狙うことも充分に考えられる。

だが、デルマーバ半島だけはあり得ない。その考えが大勢を占めていた。ワシントンDCとニューヨークの中間に位置しており、どちらを狙うにも中途半端である。むしろ上陸して来れば、対処が容易になろう。ここの最北端には最大幅二五〇メートルの運河が完成していた。そこにかかる橋さえ爆破すれば、北進は不可能となる。

空母〈エンタープライズ〉の残骸が居座るケープメイ岬からヘンローペン岬まで機雷封鎖する案

も検討されたが、予想が外れた場合の弊害が大きすぎると判断され、見送りとなった。河上に位置するフィラデルフィアとの海路を遮断することになるからである。

だが、しかし――。

孫子の兵法に曰《いわ》く『攻めて必らず取るは、其の守らざる所を攻むればなり』と。

日本軍は古来の教えに忠実にしたがい、無防備に近いデルマーバ半島を土足で踏みにじった。

彼らは、来たのだ……。

ハリケーン特有の生暖かい風が海面を吹き渡るなか、山下泰文将軍は最終判断を下した。

「第二五軍の全将兵に告ぐ。予備指令どおり予定を六時間繰り上げ、上陸を開始せよ。対米戦争の勝敗は諸氏の双肩に懸かっている。総員の奮戦を期待する！」

号令一下。五個師団強、約一〇万の将兵を乗せた大船団はデルマーバ半島へ侵入し、所定の海岸へ揚陸を開始したのである。

すでに栗田艦隊は湾内に突入しており、ドーバー市を艦砲射撃で叩いていた。そこはデラウェアの州都であり、幹線道路を北上する際には最大の障害になると予想されていた。

ここで猛威を振るったのが〈大和〉〈武蔵〉の姉妹である。その四六センチ砲は陸上攻撃においても真髄を披露した。

特に内地から廻航されてきた〈武蔵〉には新型砲弾の三式弾が満載されていた。対空砲弾だが、対地砲撃にも実に有効であった。

他にも〈長門〉〈陸奥《むつ》〉〈山城《やましろ》〉〈伊勢《いせ》〉〈日向《ひゅうが》〉〈金剛《こんごう》〉の六戦艦が続き、敵陣を火の海に落とし込んでいた。

だからこそ反撃は皆無だった。事前偵察で防御陣地らしきものが見当たらずとの一報は伝わっていたが、拍子抜けするほどに無抵抗であった。

まず夜襲師団の異名を持つ第二師団がバウワービーチに上陸。海岸線を確保すると同時に、装甲兵力の揚陸が始まった。

いの一番に北米を履帯で駆けたのは、嚮導《きょうどう》戦車旅団だ。これに新編成された戦車第一師団が続く手筈である。

戦車の上陸という手間と時の必要な懸案事項を、日本陸軍は特殊船を開発することで解決していた。

それが〈神州丸《しんしゅうまる》〉型揚陸艦である。艦内に上陸用舟艇である大発のドックを持ち、艦尾ハッチから連続して出撃させ、きわめて短時間で波打ち際まで重火器や歩兵を運搬できる。

ネームシップの〈神州丸〉と同型艦〈大隅丸《おおすみ》〉〈下北丸《しもきた》〉〈国東丸《くにさき》〉が舳先《へさき》を並べ、この作戦のために開発された超大型発動艇を次々に発進させていく。これまでの大発は最大一五トンの戦車を運送できたが、超大型発動艇は倍の重量まで対応できた。

また、〈神州丸〉の発展型である〈あきつ丸〉と同型艦〈かげろう丸〉も参戦している。

同じドック型揚陸艦だが、この二隻は空母型の全通甲板を持っており、陸軍航空隊の九七式戦闘機を一三機ずつ搭載していた。単独でも航空支援を行えるのは強みだ。

そして、歩兵の後続部隊も海岸線へ殺到した。近衛師団が北寄りの海岸に、第五師団がそのすぐ南に上陸を成功させた。この二つの師団は共に日本陸軍では数少ない自動車化師団であり、迅速な展開が期待されていた。さらに洋上には第一八師団があり、海岸が空くのを待っている。

四個歩兵師団に加え、戦車一個師団および戦車旅団。総計一〇万。たしかに大軍だが、これだけで北米が占領できる筈もない。

今回の〝デ号作戦〟の狙いはふたつだけ。首都もしくはそれに比類する都市占領と、ウィルキー大統領の排除であった。

その成否は電撃戦の結果に左右されよう。

まずは、チェサピーク・デラウェア運河に架かる唯一の大型橋を〝遠すぎた橋〟とせずに確保できるか？

次にハリケーン・レヤが本格的に襲来する前に揚陸を終えられるか？

すべてに仇《あだ》なす時間という要素との不毛なレースが、いま始まったのである。

2 戦場にかける橋

ボルチモア、メリーランド州
一九四二年六月六日、午前五時一五分

「日本軍が上陸して来ただと？　どこだ？」

ボルチモアに司令部を置く第九軍団長ウィリス・A・リー陸軍少将は、眠気覚ましのコーヒーを持ったまま訊ねた。

副官のジョン・S・マケイン・ジュニア中佐がこわばった表情で答える。

「デラウェアです。デルマーバ半島東岸です！」

聞いた瞬間に偏頭痛が強烈になってきた。昨夜の徹夜が脳にこたえたらしい。それとも眼鏡の度が合わなくなったのか。

「ジョン、そいつは何かのミスだな。デラウェアだけはあり得ないよ。ジャップが葡萄《ぶどう》を食うとも思えんしな。暗号解読部に再確認させろ。きっとフロリダの間違いだろう」

リーがそう思ったのも無理はない。ここ数週間、彼はずっと誤報に悩まされていたのである。

国民が外敵を意識し、自主的に通報してくれるのはありがたいが、船を見れば日本海軍だと叫び、飛行機を見れば空襲だと大騒ぎするようになってしまった。第九軍団司令部の電話は、そうした連絡で鳴りっぱなしだ。

マケイン中佐は青ざめた表情まま、首を横に振るのだった。

「すでに何度も確認しました。デラウェアで間違いないそうです」

「ならば敵の謀略電だな。合衆国国民が情報戦に弱いのは、四年前にオーソン・ウェルズがラジオ放送で証明済みだ。火星人が攻めてきたという冗談番組を真に受け、全米が震撼《しんかん》した夜を君も覚えているだろう。

いい加減な報告にしがみついていると大局を見失うぞ。御父上も失望されよう。もう一度、暗号を精査せよと……」

その時、卓上の電話が鳴った。副官のマケイン・ジュニアが神妙な面持ちで取りつぐ。

「閣下、第一〇軍団長マケイン・シニア中将よりお電話です」

副官は実父をそう呼び、受話器を渡した。リーの耳に四歳年上の先輩の声が響く。

『リーだな。状勢はわかっているだろう。すぐに第九機甲師団《ファントム》を出してくれ』

ジョン・S・マケイン・シニア陸軍中将は有無を言わせぬ口調だった。

彼が率いる第一〇軍団は、フィラデルフィアに司令部を置き、ニュージャージーとペンシルベニア東部の防御に携わっている。デラウェアにいちばん近い部隊である。

「確認させて下さい。デラウェアにジャップが上陸したのは確かなのですか」

『外に出て砲声を聞け！　防空壕の中では戦争はできんぞ！』

マケイン中将が断言している以上、誤謬《ごびゅう》の公算は低い。すうっと頭痛が消えていくのを自覚するリーであった。

『いいか。デラウェアにはかなりの敵軍が、すでに上陸を終えているんだ。ドーバーとは連絡が途絶した。威力偵察でもなければ陽動作戦でもない。敵の主攻勢方向はデラウェアなんだ。

そこから北東に進めばフィラデルフィアだ。南西に行けばボルチモアが戦火に炙られる』

「どちらか絞らせないよう動くという寸法ですな。ジャップの指揮官はよっぽど頭が切れるか、よっぽどの阿呆か、どちらかでしょう。連中はどこまで来ているんですか」

『まだわからん。ニューキャッスル飛行場が艦砲射撃の標的になっているのは確かだがな』

「すると、敵戦艦はデラウェア川を遡っているのですか。海軍は何をやっているんだ……」

毒づいたリーであったが、それがないものねだりだとは気づいていた。大西洋艦隊はすでに事実上崩壊していたのである。

満足に戦える戦艦や空母は一隻もなく、生き残りの重巡と駆逐艦も軍港に釘付けとなっていた。重油不足で、もはや艦隊を組むことさえかなわない有様だ。

まだ動けるのは潜水艦だが、その活動も不活発である。拠点防衛に投入された結果、水上艦艇と同様、軍港で雪隠詰《せっちん》めに遭っていた。また帰投命令を無視し、フロリダへ脱出した軍艦もかなりの数にのぼるという。

「航空隊の支援を頼みます。五大湖の周辺基地にB17が一九〇機、待機しているはずですから」

『こちらからも要請はしたが、あまり期待はできんぞ。ハリケーン・レヤが海岸沿いを北上しているんだ。今日の昼にはバージニア東岸が暴風圏内に入る。風雨が強まれば飛行中止命令が出されるかもしれん。

君は以前から列車砲の重要性を説いていたな。後悔先に立たずだが、あれが整備されていれば戦況は違ったろうよ』

砲兵出身のリーは、本土防衛手段の選定会議において、天候に左右されにくい列車砲の整備を訴えていた。結局は汎用性の高い重爆撃機の開発が決定したが、これが裏目に出てしまったのだ。

押し寄せる負担の連打に目眩《めまい》を感じたリーに、マケイン中将はなおも続けた。

『リー、いずれにしてもジャップは運河を渡って来るぞ。デルマーバ半島から連中を出した時点でチェックメイトだ。そのためには運河を絶対防衛線にしなければならない』

マケイン中将が言った運河とは、チェサピーク・デラウェア運河を意味している。

陸軍工兵隊が建設と改修に従事したこの運河は全長二三キロもある。ここに六つの大型橋を架設する計画が進行中だが、完成しているのはまだひとつだけだ。

「ならば、セント・ジョージ橋の確保が第一目標になりますね」

『そうだ。私の第一〇軍団には機甲師団《ファントム》がない。歩兵の足では間に合わん。そちらの第九機甲師団《ファントム》を回して欲しいのだ』

「了解しました。第九機甲師団《ファントム》はニューアークに駐屯しています。運河までは一八キロ。一時間とかからずにセント・ジョージ橋に到着します」

『頼む。それから……いざとなれば橋を落とせ』

電話を切ってから、リーは数分間考え込んだ。

新規編制された第九軍団を任されているリーの手元には、歩兵二個、戦車一個、騎兵一個の合計四個師団が待機していた。

第四歩兵師団《アイヴィ》と第八歩兵師団《パスファインダー》、そして第九機甲師団《ファントム》と第一騎兵師団《ファーストチーム》である。

これに州兵部隊が若干数いるが、こちらは訓練がまったくできておらず、戦線後方での交通整理や警備以上の仕事は任せられない。

軍勢としては悪くない規模だが、敵軍の状勢が不明なのが痛い。守りを固めるにせよ、反撃に出るにせよ、まずは偵察部隊を出さねばなるまい。

そして、最悪の事態にも備えるべきだ。リーはマケイン副官に命じるのだった。

「第九機甲師団《ファントム》に命令。戦車二個中隊を大至急南下させ、セント・ジョージ橋を確保させろ。

それから……御尊父のアドバイスにしたがうことにしよう。工兵隊に連絡だ。橋を爆破処分する準備にかかれ」

「了解。第九機甲師団《ファントム》の工兵隊をセント・ジョージ橋に急行させ、爆薬をしかけさせます」

「いや……セント・ジョージ橋だけじゃない。サスケハナ鉄橋も爆破せねばならん」

それはチェサピーク湾北端に位置する唯一の大型鉄橋だ。一九四〇年八月に完成し、サスケハナ川の河口における交通の要所となっている。

「ジャップがボルチモアに雪崩れ込んだなら、ワシントン陥落が現実のものとなる。首都陥落だけは絶対に阻止するんだ。いざとなればサスケハナ鉄橋を落とし、敵の侵入を阻むしかない」

＊

午前六時二五分——。

セント・ジョージ橋に無限軌道の音を響かせる鉄の馬が姿を現した。

合衆国陸軍の主力中戦車M４Ａ１である。

鋳造《ちゅうぞう》車体特有の丸みを帯びたボディは、ある種の愛嬌《あいきょう》さえ感じさせるが、それは被弾効率を考えた上での選択である。一定の打たれ強さは確保できているはずだ。

第九機甲《ファントム》師団の第九戦車大隊B中隊を指揮するセシル・E・ハリス陸軍少佐は、勇敢な戦車兵ならば常にそうするように、砲塔のハッチから半身を乗り出して風景を凝視する。

「間に合ったぞ。全車、橋を渡れ。工兵隊が到着するまで絶対に日本軍を近づけるな」

一六輌のM４Ａ１は進撃を継続した。舗装道路ならば時速三八キロは出せる。幅二五〇メートルのセント・ジョージ橋を突破するのに時間はかからない。

東の空を見上げる。やはり天候は悪化しつつあった。まだ雨は落ちていないが、風が強くなってきた。ハリケーン・レヤの息吹であろう。

「これじゃジャップも飛べまいが、味方の戦闘機も来られんな。歩兵も進軍には苦労する。純粋に戦車同士の殴り合いになるってことだな」

ひとり言を口にしたハリス少佐は、脳内物質が頭蓋を駆けめぐる快感にとらわれた。勝利が、それも圧勝の予感が全身を震わせた。

崩壊直前のソビエト陸軍から届けられたバトル・レポートによれば、日本戦車は歩兵直協任務に特化しており、対戦車戦闘は重視していない。装甲も薄く、二〇〇〇メートルの遠距離からでも命中すれば吹き飛ぶらしい。

上陸した連中がどれくらいの兵力か不明だが、尖兵は最強部隊が来る。間違いなく装甲部隊だ。連中の実力を確かめるにはちょうどいい。

やがて幹線道路の向こうに影が見えてきた。双眼鏡を構えると奇妙な迷彩模様の鉄塊が確認できた。深緑と黄色と茶褐色で塗られた獣が接近中だ。

「案外大きいじゃないか。日本人はチビだから、戦車も小型だと思ってたんだがな。しかし、狙いやすいのはありがたいぜ。

全車に告ぐ。第一小隊は左へ展開、第二小隊は右だ。第三と第四小隊はこのまま道路上で待機。距離一八〇〇メートルで射撃開始せよ。敵戦車隊を半包囲して押し潰すぞ」

第二小隊の隊長車に乗るハリスは、操縦手に道路を降りろと命じた。低地のほうが発見されにくいのだ。

展開を終えると停車し、装填をすませる。

「砲手！　よく狙え。侵略者どもの血を我らの畑に染みこませてやるんだ」

轟然と隊長車が吠えた。

短砲身の七五ミリ砲から撃ち出されたのはM61被帽徹甲弾《APC》であった。一〇〇〇メートルの間合いから六〇ミリの装甲鈑を貫く威力を持っており、日本戦車など易々と撃破できるはずだ。

だが、当たらなければどうすることもできない。初弾は敵戦車のはるか彼方に土煙をあげて終わりであった。

「どこを狙っている！　この戦車砲弾には合衆国の未来が託されていることを忘れるな。次弾装填を急げ！」

M4A1の七五ミリ砲M3は、計算上六〇秒で二〇発の射撃が可能だ。実際には砲手や装填手の体力が尽きてしまうため、そこまでの連射はできないが、射撃間隔が短いことは確かだ。

修正射が撃ち出された。今度は的確に敵先頭車を捉えた。閃光が装甲に煌《きら》めくのが遠目にも確認できた。

「ブラボー！　命中だぞ！　次弾からは敵の後続車を狙うんだ」

歓喜したハリスであったが、相手の様子が変だ。潜望鏡式照準器《ペリスコープ》の中に見える戦車は、まるでなにごともなかったかのように前進を続けている。

相対距離一六〇〇で向こうが撃った。道路で踏ん張る第三小隊の一輌が火焔を吹き上げた。

信じられなかった。こちらの砲弾は弾かれているのに、日本製の砲弾は易々とM4の装甲を貫通しているではないか。

M4の装甲は前面で五一ミリ、側面が三八ミリもあった。一九四二年の水準からすれば、これは悪くない値だ。戦車戦で殴り合いになっても一定の耐久力は期待できるはずなのに……。

数秒後、被弾車に激震が走った。丸みを帯びた砲塔が天高く舞い上がる。車内で徹甲弾が誘爆したのだ。

味方はなおも砲撃を続けており、命中弾も浴びせているが、撃破に成功したものは一輛もない。

ここで、ハリスは決断を迫られた。ジャップは重装甲の新型戦車を投入してきた。このまま遠距離砲戦を継続か？　それとも距離を詰めて死中に活を求めるべきか？　あるいは撤退して橋の防御に専念するか？

逡巡した後でハリスは折衷案を採択した。

「第一および第二小隊に命令。急進して敵戦車の側面へ回れ。第三小隊は現場を維持。第四小隊は第三小隊の支援にあたれ」

隊長車は時速約二〇キロで不整地を前進した。相手が進撃をやめる素振りはない。ここは五〇〇メートル以下の射撃に持ち込むべきか？

判断に迷うハリス少佐は、味方の砲弾が敵戦車の履帯に命中する瞬間を目撃した。コントロールを失い、その側面を見せた時、特徴のありすぎる傾斜装甲がまざまざと見えた。

「なんてこった！　あれは友邦ソ連のT34だぞ！」

＊

ハリスの観察眼は鋭かった。

それは、今は亡きソ連陸軍が世に送り出した傑作中戦車のなれの果てであった。ドイツと呼応してロシアの大地に攻め入った日本陸軍は、戦利品としてこの鉄牛を頂戴し、そのまま流用していたのである。

二年前のノモンハンで苦汁を舐めたソ連軍に戦《いくさ》を挑むのは無謀なり。そう主張する声も強かったが、陸軍はウラジオストック攻めに着手した。

ヒトラーという勝ち馬に乗り、シベリア出兵とノモンハン事変の復讐戦を挑んだわけだが、開戦理由はそれだけではない。優れた装甲兵器の鹵獲も狙いのひとつであった。

ウラジオストック上陸に投入された主力の九七式中戦車を、ソ連製の中戦車はまるで紙細工のように打ち破り、日本戦車兵を恐怖のどん底に叩き込んだ。いわゆる〝T34ショック〟である。

戦場で撃破できた車輌はほとんどなく、弾薬か燃料が尽きて放棄されるものが多かった。日本陸軍はそれらを回収して、再利用を企んだのだ。

独ソ戦でもT34は投入されたが、乗員の技倆と戦術を向上させる暇がなく、実力を披露できなかった。そのためドイツ陸軍はT34にさほど強い関心を抱かず、ヒトラーも日本が欲しがっているのであれば、あんな戦車などくれてやれと命じた。

そして、一九四一年一一月——日本陸軍は中央ウラル山脈に位置するスヴェルドロフスク市の治安維持をドイツから要請された。パルチザンが根城にしかねないこの都市に派兵してくれれば、重機械工場を自由にしていいと言う。

そこにはT34のパーツが大量にストックされていた。日本陸軍はそれを了承し、シベリア鉄道を利用して内地まで運搬したのである。

こうして一九四一年三月の時点で一〇八輌ものT34が運用可能となった。

無線機を追加搭載し、富士裾野演習場で入念に訓練を行った後で、この戦車はキューバ行きの〈神州丸〉型揚陸艦へ搭載されたのだった。同時に超大型発動艇の配備が間に合ったことも特筆されるべきだろう。

標準装備に無線機がない、砲塔ハッチが前方に開くため視界が制限される、変速機が尋常でないほど重いといった欠点は確かにあったが、それを補って余りある攻撃力と防御力、そして機動力が期待できた。

鹵獲戦車をそのまま流用した日本陸軍だったが、ある種の意地であろうか、それとも利便性であろうか、名称だけは国産風に変更していた。

百式重戦車〝テ34〟である。

＊

「圧倒的じゃないか。我が百式重戦車は！」

最前線の九〇〇メートル後方から戦況を見つめる佐伯静雄《さえきしずお》中佐は、実戦に投入されたテ34の威力を目の当たりにし、安堵と畏怖を同時に感じるのだった。

「ソ連征伐では出血を強いられたが、その甲斐はあったたな。今ごろアメリカ戦車隊の指揮官は恐怖と絶望を味わっているだろう。シベリアでこいつと戦った時の我が戦車隊のように」

佐伯が乗車しているのもテ34だった。通信機能を強化した指揮戦車仕様の一輌だ。現状で機動力と強靱さを兼ね備えた戦闘車輌なのだから、選ばれるのが当たり前だと言える。

嚮導《きょうどう》戦車旅団の挺進隊を任された佐伯は、上陸直後に部隊をまとめ、一路北上を続けていた。

戦車中隊を先鋒に捜索中隊と工兵小隊が続く。挺進隊本部と山砲中隊が後ろを追いかけるという行軍序列であった。

現在、戦車中隊はセント・ジョージ橋の手前でアメリカ戦車と交戦中だ。M4と思しき相手も命中弾を与えてはいるが、テ34はそれをものともしない。

「凄い。アメ公の砲弾をまるでエンドウ豆みたいに弾き返してるぞ。悔しいのは、これが露助の不要品だってことだけだな」

テ34の装甲は最大で五二ミリだが、避弾経始《けいし》をを計算に入れた傾斜式になっている。また砲塔と車体が一定のラインで結ばれ、正面からは台形に近く見える。これだと跳弾の確率が高くなり、通常の三倍の耐久性を発揮できるらしい。

防御だけでない。砲力も水準以上であった。

主砲は四二・五口径の七六・二ミリ砲だ。徹甲弾の初速は毎秒六六二メートル。これだけ速ければ貫通能力が高まるだけでなく、弾道が低伸するため、命中率も上がる。加えて日本戦車兵の練度は高い。特に射撃精度においてそれが顕著だ。次から次へとM4中戦車は撃破されていった。

「一方的とはいえ、ここで時間は浪費できんな。島田《しまだ》少佐を呼び出せ」

三〇秒と経たないうちに、戦車第六連隊第四中隊長の島田豊作《ほうさく》少佐の声が無線機から響いた。

『現在、中隊規模の敵戦車と交戦中。すでに八輌を撃破。当方の損害は軽微。全滅を確認後、進軍再開の予定』

「目標はあくまでセント・ジョージ橋の奪取だ。逃げられたら爆破される危惧があるぞ。損害に構わず、ただちに前進せよ」

『了解。全車、進撃を再開します。橋にはすでに爆薬が仕掛けられているかもしれません。工兵の手配を願います。交信終了』

＊

「全車へ！　ジャップの戦車は前進を再開した。真っ直ぐ道路を駆けてくる。後方に回り込むチャンスだぞ。突撃開始《チャージ》！」

B中隊は戦闘開始七分で半数のM4A1を失っ

ていたが、ハリス少佐は戦意だけは微塵も失っていなかった。残念だったのは、それがすべて空回りしていたことだ。

現代戦は個人の気迫や努力だけではどうにもならぬ要素が多すぎる。戦術や地の利でカバーしようにも、今回は性能の差が開きすぎていた。

冷静に考えたなら、ハリスが選択すべき行動は全面撤退であったろう。さっさとセント・ジョージ橋を渡り、火砲をもって鉄橋を落とせば時間が稼げたはずだ。

だが、戦場が醸し出す熱量にハリスは呑まれてしまった。部下たちが無惨に殺害されていく現実も、それに拍車をかけた。ハリスのM4A1は速度を上げ、デラウェアの大地を疾駆する。

「砲塔三時方向、距離七〇〇。発射《ファイア》！」

行進射は命中率が下がるが、ここは距離を詰めなければ戦争にならない。主砲に装備されているジャイロ・スタビライザーが機能することを祈るのみである。

その一撃はT34の側面後方に突き刺さり、炸裂した。一撃でノックアウトしたようには見えなかったが、損害を与えたのは確かだ。T34は履帯の動きを止め、その場に停車した。

けれども、まだ死んではいない。その砲塔は緩やかに回転し、ハリスのM4を狙う。

「ええい！　ジャップの乗るT34は化け物かよ。燃料タンクがありそうな箇所を射貫いたのに、致命傷にはならんだと⁉」

ハリスはあずかり知らぬことであったが、百式重戦車ことテ34には、ディーゼルエンジンが搭載されていた。安価な軽油でも充分に動き、燃えにくいというメリットがある。たとえ被弾しても再戦力化は容易だ。また日本戦車は以前からディーゼルが主流であり、運用でも不都合はなかった。

敵戦車は発砲した。その徹甲弾はハリスのＭ４Ａ１の前方側面へと突き刺さり、装甲を貫通して果てた。

アメリカ戦車はガソリンエンジンが主流であり、Ｍ４Ａ１もそうだった。生産性と出力《パワー》に優れているが、燃料は可燃性であり、いったん火がつけば手の施しようがなかった。

目の前が朱色に染まった。瞬間、意識が飛んだ。ハリス少佐は四肢が焼かれゆくことに痛痒《つうよう》を感じつつ、生涯最後の台詞を口にするのだった。

「合衆国、敗れたり……」

＊

「敵の隊列が乱れたな。どうやら指揮官車を撃破したようだ」

尖兵部隊を指揮する島田豊作中隊長は、砲塔ハッチの隙間から戦場を見回して言った。

「よし、増速して一気に橋を盗《と》るぞ。残兵は後続部隊に任せろ」

今年の三月で三〇歳となった島田だが、身体能力や頭脳の切れ味は十代から一切の劣化はない。彼は素早く敵情を悟り、そう命じた。

陸軍士官学校での専攻は歩兵だったが、戦車第二連隊で経験を積み、現在では日本陸軍でも指折りの戦車乗りである。そんな島田は、指揮官なき戦車隊の脆さをよく承知していた。

残り七輌に激減していたＭ４中戦車は独自の判断で動き、反撃を試みたものの、加速して道路を走破するテ34に命中弾は与えられなかった。

時速五五キロと戦車にしては超高速であったた

めだ。道路から降りたM4は照準をつける暇などなく、各個撃破された。

　橋のたもとで頑張っていた三輌のM4と正面から撃ち合った結果、先頭のテ34が砲塔をへし折られたが、相手を三輌とも屠ることに成功した。

　これで島田戦車隊を食い止める敵対勢力は消え失せた。テ34の群れは勢いを損なわず、セント・ジョージ橋を一気に踏破し、デラウェア半島を抜けだしたのであった。

「よし。佐伯中佐に電文を打て。雌牛に子が生まれた、とな！」

　テ34に装着された無線機は、小隊内での通信には短波を用いるが、連隊との指揮連絡には中波を使う。気象条件にも左右されるが、電話なら一五キロ、電信ならその倍は届く。

　やがて佐伯挺身隊長と電話が繋がった。本部もかなり前進しているらしい。

『橋は確保したんだな。無傷か？　戦車は渡れるのか』

「すでに突破を終えました。今年のあたまに完成したばかりとあって新品同様であります。ただし、爆薬が仕掛けられているかもしれませんから、工兵に検査させて下さい」

『よし。先鋒の損害は？』

「二輌のみ。装軌車修理隊を派遣して回収させれば戦線復帰もできましょう。我が部隊は速やかに前進を再開し、第二目標の確保に動きます」

『頼むぞ。サスケハナ鉄橋こそ突撃目標への一里塚だからな。あれさえ確保できれば、帝国の勝利が見えてくる。

　たった今、〈間宮〉の山下中将に電文を打った。すぐ戦闘機を飛ばしてくださるそうだ』

ありがたい話だが、たぶん気休めだな。島田はそう判断した。空を見上げればわかる。もう重い雨粒が落ち始めている。台風は順調に接近中らしい。

「では、第四中隊は西進を開始します。目標のサスケハナ鉄橋まで残り約三九キロです。戦闘がなければ二時間とかかりませんが、そう簡単にはいかんでしょう」

『あまり時間はやれぬ。六時間で確保せよ』

交戦を考慮すれば、それが現実的な線だろうか。頑強な陣地さえなければ、一時間あたり六キロ強の行軍は戦車部隊にとって困難な数字ではない。

懸念すべきは燃料だ。

テ34の燃料タンクは軽油四六〇リットルで満タンになり、この状態で四〇〇キロを踏破できる。上陸地点から最終目的地まで幹線道路を使えば約二五〇キロ。余裕があるように思われるが、戦闘での浪費を勘定に入れればギリギリだ。

時間短縮を望むのであれば、偵察機を飛ばし、侵攻方面の情報を入手せねばならんが、この天気では飛んでくれる飛行士はおるまい。

そう考えた直後、島田少佐は遠方から響く航空エンジン独特の響きを耳にした。すわ敵機来襲かと身構えたが、雲間から姿を現したのは見慣れた翼であった。

「あれは九七戦じゃないか。さては〈あきつ丸〉から飛んで来たな」

陸軍の最新鋭機は〝隼《はやぶさ》〟として知られる一式戦闘機だが、北米の戦場に舞ったのは、一世代前の軽戦であった。

中島飛行機の九七式戦闘機だ。低翼の単葉機で小回りが利き、ノモンハンの空ではかなりの戦果をあげた小型機である。

島田の考えたとおり、それを運搬してきたのは揚陸艦〈あきつ丸〉と〈かげろう丸〉だ。旧型機といえども、立体的上陸作戦において航空支援は有効であった。

ただ〈あきつ丸〉は着艦能力を持っていない。そのため出撃した九七戦は不時着するか、搭乗員だけ落下傘で脱出することになっている。

武装は七・七ミリ機銃二挺に二五キロ爆弾四発と淋しいが、支援攻撃機としてなら使い道がある。九六式飛三号無線機が装備されており、雑音は多いながらも意思疎通は可能だ。

九七式戦闘機は何度か翼を振って、島田たちの上空を旋回した。上空から識別できるよう砲塔には日の丸が描かれている。同士討ちは心配しなくてもいいだろう。

ただ、強風に煽られているのが地上からも明瞭に確認できた。いつ翼をもぎ取られてもおかしくはない。戦闘はとても無理だ。ここは別任務に従事してもらうほうがよい。

島田少佐はマイクに叫ぶ。

「上空に九七戦を確認。搭乗員に依頼されたし。前進して敵陣の有無を確認せられたし」

『委細承知だ。上からの目があれば進軍もはかどるというわけだな。どうだ。六時間でいけるか』

「その半分で到達してみせましょう。旅団本部も遅れずについてきて下さい」

その直後から島田戦車隊はドイツ陸軍のお株を奪う電撃戦を敢行した。

防備を担当するのは合衆国陸軍第九軍団だが、島田の進撃ペースが速すぎ、食い止める術を持たなかった。テ34の群れは無人の荒野を駆け抜け、あっさりとサスケハナ鉄橋を奪取したのだった。

六月六日午前一一時五〇分のことである。

デルマーバ半島上陸開始から、まだ一二時間と経過していなかった。

3　走れハルゼー

リッチモンド、バージニア州
一九四二年六月七日、午前一〇時五五分

「馬鹿だ！　馬鹿ばかりだ！」

土砂降りの雨のなか、燃料補給を急がせるM4中戦車のかたわらで陸軍中将ウイリアム・ハルゼーは憤怒の表情を浮かべ、毒づくのだった。

「サスケハナ鉄橋が陥落しただと!?　しかもそれが二四時間前だと！　ふざけてやがるぜ。そんな大事なことをどうして隠すんだよ！」

参謀を務めるマイルズ・ブローニング陸軍中佐が推論を述べる。

「ボルチモア市民の動揺を防ぐためでしょうか。今さら疎開命令を出したところで、二〇万とも三〇万とも言われる非戦闘員の退避は無理です。それよりも道路網が避難民で埋まり、軍の移動ができなくなるほうが痛い。リー将軍はそう判断されたのでしょう」

「ふん。本気でボルチモアを守る気なら、さっさとサスケハナ鉄橋を爆破していたろうよ」

ブローニングがそれに応じて言った。

「あの鉄橋を落とせば、ワシントンとニューヨークの連絡線が切断されてしまいます。首都を守る第九軍団とニューヨークへの道を固める第一〇軍団の相互補完のためにも、サスケハナ鉄橋は必要と判断されたのでしょう」

「違う！　そうじゃない！　リーとマケインはそれほど暗愚ではないぞ。もっと上のほうから圧力ががかかったんだ。なによりも腹立たしいのは、その圧力をかけたホームラン級の馬鹿を助けねばならんという現実だよ！」

第二軍団長としてフロリダの守備任務についていたハルゼーは、日本軍による半島上陸は絶対にないと確信していた。

苦労して運搬してきた九六陸攻《ネル》と一式陸攻《ベティ》をグアンタナモ基地から盛んに飛ばし、フロリダを強行偵察させているが、あれは単なるポーズだ。ジャップは常に戦略的に意味のある場所を選んで攻撃している。

だからこそフロリダには絶対来ない。

その信念のもと、ハルゼーは軍団を北上させる準備に着手した。ハリケーン・レヤの発生がそれを後押しした。ジャップはこの天災を最大限に活用するはずだ。動けるうちに動かねば。

ハルゼーは第一機甲師団《オールドアイアンサンズ》を指揮し、ジョージアへと侵入した。六月五日午後のことである。

表向きは、フロリダ半島を横断する暴風雨から一時退避するためと強弁していたが、それは方便でしかない。彼はまったくの独断で部隊をワシントンＤＣへと向けたのだ。

後世に〝ブルズ・ラン〟と呼ばれる突進の始まりである。リッチモンドまでの九五〇キロを四八時間で走破したのは偉業と評価できよう。

燃料は現地で調達した。幸いＭ４中戦車はガソリンで動くため、点在する給油スタンドがそのまま使えたのだ。

各地の州軍が通行規制を敷いていたが、大統領命令で首都に急行すると叫ぶハルゼーに逆らえる者はいなかった。不眠不休でボルチモアに到着した彼は、部下に食事をとらせながら、ワシントンへの進軍準備に勤しんでいたのだった。

その狙いはひとつ。合衆国陸海軍のトップに君臨する〝世界の王〟を救助することだ……。

「ウィルキー大統領は御自身の判断で脱出なさいませんかね」

ブローニングの希望的観測に、ハルゼーは首を横に振った。

「上に立つ人間は、それができんのだよ。大統領が首都を捨てて逃げ出したら、各州は浮き足立つ。求心力の低下は合衆国の崩壊に直結しかねん。

俺の考えだが、サスケハナの鉄橋を落とすなと命じたのは大統領自身だな。あれを破壊すれば、ニューヨークに向かって『ジャップはそっちで片づけろ』と叫んだも同じだ。

合衆国は鉄鎖で結ばれてはいるが、ひとつでも継ぎ目が壊れれば、すべてが崩壊するぞ。最悪の場合、州単位での恭順と降伏が始まるかもしれん。我らのＤ・Ｗ・グリフィス知事がそれを望んでいなければいいいが。

畜生め！　まさにこの瞬間にもサスケハナ鉄橋を黄色い猿どもが渡っているんだぞ。今からでも空爆すればよいものを！」

「無理です。この天候では重爆でも飛べません」

「合衆国が滅ぶか否かの瀬戸際だぞ。ハリケーンがなんだ。体当たりしたっていいじゃないか。もし俺に航空隊の指揮権があれば、そう命じるぜ」
「第九軍団長リー将軍に電話を繋ぎ、アドバイスなされては？」
「頼んでやってくれるのであれば、とっくに自分でやってる。それに俺が接近中だと聞けば部隊をこっちへ回すかもしれん。これ以上のトラブルはごめんだよ。

南北戦争のロバート・リー将軍は劣勢でありながら北軍に痛打を与え続け、最終的に負けはしたが名を永遠に残した。そして第九軍団のウィリス・A・リー将軍は単に惨敗を喫し、歴史に悪名を残すだけとなるようだな」

不吉なハルゼーの発言にブローニングは疑念を呈するのだった。

「第九軍団はボルチモア中心部の守りを固めています。無線情報を信じる限りですが、三個師団が守備についているようです。容易に突破はできないでしょう。

ボルチモアには石油精製所もあります。北米で長期持久戦を演じるには、日本軍にとって絶対に必要な施設です。連中はボルチモアを占領した後、ワシントンＤＣへ手を伸ばします。

ただ、市街戦になれば制圧は短期間ではできません。その間にハリケーンは通過しますし、我々も戦場へ到達できます。結局、日本軍はジリ貧になっていくだけでしょう」

ハルゼーは間髪をいれずに答えた。

「それは違うぞ。ジャップがドイツ流の電撃戦を学習しているとすれば、ボルチモア占領など考えていないだろう。

あの街は半包囲するにとどめ、機動力に優れた戦車師団を北に回し、リバティ湖の南端を抜けさせる。そこからワシントンまでは五〇キロ。下手をすれば、今夜にも首都は陥落するぜ……」

稲光が雲間を切り裂き、雷鳴が響いた。最悪の予感に苛《さいな》まされたハルゼーは、こう指示を下したのだった。

「師団全車に命令だ。燃料補給がすんだものからワシントンDCを目指して急行せよ。残り一六〇キロを六時間……いや、四時間で走りきれ！」

4　ホワイトハウス・ダウン

ワシントンDC、コロンビア特別区
一九四二年六月七日、午後五時五〇分

「終わりだ。もう終わりなのだ。合衆国の歴史は潰《つい》える。それも私の代で……」

苦渋の表情を隠そうともせず、第三三代大統領のウェンデル・L・ウィルキーはそう呟いた。

取り越し苦労ではない。現実化しつつある危機であった。すでにワシントンDCは戦場に変貌しつつあったのだ。

遠方に重低音が立て続けに響く。ハリケーン・レヤがもたらす雷鳴だと思いたいが、それは悪意が凝縮された爆発反応だった。

「バージニア州がアメリカ連合国に寝返った時、リンカーン大統領も私と同じ気分を味わったのだろうか？　ホワイトハウスの窓外に敵軍が見えるなど、まさに黙示録《アポカリプス》だな」

南北戦争ではポトマック川の彼方が戦場になったが、今度の敵は逆方向からやって来た。もはや河流に叩き込まれてしまう危険も考慮せねばなるまい。

「大統領閣下、まだ諦めるのは早すぎます」

気丈に言ったのは陸軍参謀総長のアーネスト・キング大将であった。

「首都には第五歩兵師団《レッドダイヤモンド》が配備されております。一個師団だけですが、装備も訓練も充分に行き届いた精鋭です。装甲兵力が少なく、押されているのは事実ですが、天候が回復すれば航空隊の支援が見込めます。皆でホワイトハウスに立て籠もり、由緒あるここを死守しましょう」

それに反論したのは海軍作戦部長《CNO》ジョージ・C・マーシャル海軍大将であった。

「陸軍は大統領を殺す気か！　砲声が徐々に近づいている現実を無視するんじゃない。ここはひとまず退避するのが賢明だ」

すぐにキング大将は言い返す。

「それは士気の崩壊を招く悪手だな。将兵は最高司令官たる大統領閣下を守るために死んでいる。この状況でホワイトハウスを放棄すれば、士気は崩壊し、ワシントンDCは陥落するぞ。

そもそも大西洋艦隊が活動不能になった時点で海軍に発言力など消え失せている。丘に上がった役立たずは黙っておれ」

「なんだと！　酔っ払いめが！」

「うるせぇ！　このホモ野郎！」

陸海軍上層部の相剋《そうこく》を具現化した低レベルの争いが始まった。聞くに堪えない雑言の応酬を停止するため、ウィルキーは言った。

「静まれ。私は大統領として敵と戦う陸海軍の姿が見たい。内輪もめをしているゆとりなど合衆国にはないのだ。

私も前の大戦では陸軍歩兵として従軍していた。

戦場の空気を知らぬ身ではない。ここはすぐ硝煙が満ちる場所になるだろう。

しかし、逃げない。合衆国大統領として本職はホワイトハウスで責務を全《まっと》うする。

もし私が死ぬようなことがあれば、それは完膚なきまでに負けたということだ。そこまで徹底的に敗れれば国民に面子《メンツ》が立つ。復讐は次世代の合衆国市民に委ねることが……」

大統領の台詞を切断したのは、ひときわ大きな着弾音であった。

キング大将は、オーバル・オフィスと呼ばれる西塔の執務室の窓に駆け寄り、双眼鏡を向ける。

「ジャップの戦車です。驚いたな。あれは本当にT34だ。前線からの報告を見間違えだと切って捨てたのは、当方の失態でした」

大統領は静かに続けた。

「ソ連にはレンドリース法に基づき、さまざまな軍事物資の援助を繰り返した。それがめぐりめぐってこんな形で戻って来るとはな。

今から思えば、日本軍は徹頭徹尾ワシントンDCだけを狙っていたようにも思えるな」

ウィルキー大統領は、日本軍の野望を的確に見抜いていた。

六回に及ぶ陸海軍作戦会議を経て山下泰文将軍が承認した〝デ号作戦〟だが、それは首都奪取こそが最大目標であった。

サスケハナ鉄橋が破壊された場合のみ、素直に主力を北へと向け、ニューヨークを目指すつもりでいたが、それはあくまで保険だ。最終的な勝利を得るにはワシントンDC攻略が必須だった。

予想外に鉄橋確保が順調だったため、山下中将は初期計画通りの電撃戦を命じた。

嚮導戦車旅団とそれに追随する戦車第一師団が先陣を切り、自動車化が完了している近衛師団と第五師団が続いた。最後に第二師団が銀輪と徒歩で後を追う。

機動戦力として大いに役立ったのが九四式自動貨車であった。昭和九年に制式採用された六輪の軍用トラックであり、多くの自動車連隊に配備されている。これがなければ歩兵を迅速に前線には運べず、作戦は頓挫していただろう。

第一八師団のみは北上を続け、ニューキャッスルに布陣した。これはフィラデルフィア方面からの反撃に蓋をして、橋頭堡との連絡線を確立するためだ。

加えて栗田艦隊の戦艦八隻がデラウェア湾内に陣取り、絶え間ない砲撃をフィラデルフィア南方へと注いでいる。その威力たるや凄まじく、マケイン・シニア中将の第一〇軍団はいっこうに南下できずにいたのだった。

サスケハナ鉄橋を突破して西進し、メリーランドへと侵入した日本戦車隊だが、そこで初めて頑強な抵抗線にぶつかった。

アバディーンである。戦車試験場でもあるそこには、第九機甲師団《ファントム》の残党が陣を組んでいた。

だが、テ34を柱に編制された日本戦車部隊は、あえて敵陣突破を試みず、北方へ迂回して前進を続けた。アバディーンは後続の第五師団の一部が包囲し、主力はさらに西進した。

ワシントンDCへの関門であるボルチモアには第四歩兵師団《アイヴィ》と第八歩兵師団《パスファインダー》、第一騎兵師団《ファーストチーム》の三個師団が布陣していたが、ここでも山下は大規模な会戦を避け、近衛師団と第二師団が東と北から圧迫するにとどめた。

リー将軍の第九軍団も積極的な反撃はできなかった。市民の動揺が激しく、治安維持にも部隊を供出せねばならなかったのだ。有色人種のグループには日本軍に同調しようとする動きさえあるようだ。

戦車第一師団はその隙を巧みに衝いた。自らは市街北方へ回り込み、リバティ湖の南を大回りしつつ、一路ワシントンDCを目指したのだ。

これはハルゼー将軍の読み通りの作戦行動であった……。

戦場交響曲たる爆音は、徐々にホワイトハウスへと接近していた。

同時に風もいちだんと強くなってきた。石礫《いしつぶて》や木片が飛翔し、ホワイトハウスの窓ガラスはあちこちで割れた。

「戦況は不利です。ワシントンDC全域に敵戦車の姿あり。第五歩兵師団《レッドダイヤモンド》も防戦いっぽうで手出しができません！」

悲報にもウィルキー大統領は、ただ納得するだけであった。

ハリケーン・レヤが直撃している現在、最大風速は三五メートルだ。歩兵など陣地に張りついているだけで精いっぱいだろう。

「戦車とは全天候型の兵器なのだな。我々はそれに気づくのが遅すぎたようだ」

大統領がそう告げた刹那《せつな》であった。

遠方に見えるT34戦車の主砲が黄色く光った。途端に黒褐色の何かがオーバル・オフィスの窓を突き破って侵入してきた。

真っ赤な爆炎が睫毛《まつげ》を焼き、頬を叩いた。ウィルキーはそのまま意識を失ってしまった。
四肢がうまく動かない不快感に苛まされつつ、ウィルキーは目を開いた。見慣れた天井に少しだけ安堵する。どれくらい失神していたのか？

指先に力を入れて半身を起こす。少し離れた壁際にキング陸軍大将とマーシャル海軍大将の姿があった。二人とも首が奇妙な角度にねじ曲がっている。もはや命はない。

躰を引きずるようにして窓際に移動する。せめてホワイトハウスに破滅をもたらした梟敵《きょうてき》の姿をもういちど見ておきたかった。

だが、窓外にT34の姿はない。それらしき戦車の残骸が燃えているだけだ。

そして接近する別の戦車が確認できた。間違いない。味方のM4中戦車である。

砲塔ハッチが勢いよく開き、中から陸軍将校が飛び出してきた。彼は半壊したホワイトハウスへと身を屈めながら走り込んできた

「大統領閣下はご無事か！」

聞き覚えのある声がオーバル・オフィスの奥まで響く。すぐに発言者が姿を見せた。

「君は……ハルゼー将軍ではないか。フロリダにいるはずの君が、どうしてここに？」

ウイリアム・F・ハルゼー陸軍中将は、荒れた呼吸を整えながら報告した。

「大統領閣下を……いえ、合衆国を救うためにまかり越しました。お願いです。どうか遷都命令を出していただきたい」

「遷都だと？　歴史あるワシントンDCを捨てて、どこへ行けと言うのだ？」

「フロリダです。ジャクソンビルを第二の首都と

して反攻作戦の指揮を執って欲しいのです。

ジャップの狙いはワシントンの占領ではなく、閣下の身柄を確保することです。戦時捕虜として閣下を脅迫し、強引に戦争の幕引きを図る気なのでしょう。

こうした状況に備え、D・W・グリフィス知事は受け入れの準備を終えておられます。陸海軍もある程度の戦力を揃えています。

どうかお願いです。本職と一緒にフロリダまで御足労願いたいのです。ここで大統領が殉職してしまえば、合衆国は本当に崩壊します」

切羽詰まったハルゼーの調子に、ウィルキーは慚愧《ざんき》の念を表情に示し、こう告げるのであった。

「耐え難きを耐え、忍び難きを忍ばねばならぬ時が来たのか。たしかに私が殺されれば、日本軍は誰と交渉すべきかもわからなくなるだろうね。いいだろう。合衆国大統領として命じる。私をグリフィスのもとへ連れて行け」

「全身全霊でお受けします。我が第一機甲師団《オールドアイアンサンズ》は肉薄戦闘でジャップの重戦車を、部分的にですが撃退しました。もうなにものも閣下を止められません。最終兵器でもない限り！」

ハルゼーが、自信たっぷりにそう告げた直後であった。ワシントンDCは最終兵器と称して差し支えない兵器によって心髄を貫かれたのだ。

比類なき破壊力に肝を潰しながらも、ハルゼーは言った。

「こいつは重砲や山砲じゃありません。大口径の戦艦搭載砲ですぞ！」

月面のように変貌していく首都の様子を見やりつつ、ウィルキーは答えた。

「日本海軍の戦艦はデラウェア湾にいるはずだ。

そこからでは弾は届かんと聞いた。ワシントンを砲撃しようとすれば、チェサピーク湾に殴り込まねばならないと。

その出入り口は機雷と潜水艦で封鎖してある。ノーフォーク基地からも発見の報告はない。潜入は不可能のはずだ」

ハルゼーは愕然とした表情で叫ぶ。

「しまった！　運河だ！　日本戦艦はチェサピーク・デラウェア運河を突破してチェサピーク湾に北から侵入したんだ！」

それは正解だったが、真相に行き着いたところでどうしようもなかった。

四〇秒間隔で降り注ぐ一八発の砲弾にホワイトハウスは串刺しにされ、ウィルキー大統領とハルゼー将軍の肉体はこの世から細胞単位で消滅させられたのである……

二人の偉人を殺害したのは、二隻の〈大和〉型戦艦であった。

栗田艦隊は、すでにチェサピーク湾へと殴り込んでいた。渡河が完了し、要なしとなったセント・ジョージ橋を爆破するや、満潮を見計らって運河を西進したのだ。

戦艦〈大和〉〈武蔵〉の四六センチ砲は、敵国の首都を打擲《ちょうちゃく》する最終兵器として機能した。日米戦争はこの二隻の主砲で終結したといっても過言ではあるまい。

時に、一九四二年六月七日、午後六時六分の出来事であった……。

エピローグ　日本本土血戦

1　終戦処理

一九四二年六月一五日

　太平洋に端を発した日米戦争は、ワシントンDC陥落および大統領爆殺という最悪の結末で終結した。講和の音頭を取ったのは、フロリダ州知事D・W・グリフィスである。

　ウィルキー大統領の確保に失敗した直後、彼は継戦の意志を放棄し、州単位で枢軸側に降伏すべきだと各知事に訴えた。それが国民の命を守ることに直結すると。

　グリフィスの案に、ほぼすべての州知事がイエスと答えた。副大統領ロバート・タフトは強引に継戦を訴えたが、もはや諸州は中央政府の意に反して動いていた。

　ヨーロッパも停戦を歓迎した。ヒトラー総統も合衆国が和平を望むのであればカナダへの派兵はこれを再検討するとの通告を出し、講和を後押しした。副大統領タフトはここに折れ、日本との和議のテーブルにつくことを了承したのだった……。

　講和条件は屈辱的なものであった。

　ハワイやアラスカだけでなく、カリフォルニア、オレゴン、ワシントンの西海岸三州の割譲と進駐軍の常駐。憲法再制定、陸海軍の定数削減、賠償艦の供出、法外な賠償金……。

限りなく無条件降伏に近い講和であった。合衆国市民の間に怨嗟に近い声が満ちたのも当然だ。

また、一九四八年にカナダが強行した東海岸諸州への武装進駐の結果、東西海岸線の大部分は枢軸国によって支配されることとなった。

合衆国は大国としての底力と権威を失い、それに伴い誇りまでも失われ、自虐史観とテロリズムが横行する二流国に凋落していった。

そして、時は流れた……。

2 バトル・ロワイアル

北緯三〇度、東経一四七度、太平洋上
一九六二年八月六日、午後三時

「マッカーサー艦長、本艦は攻撃予定地点に到着しました。御命令を頂戴したく思います」

戦略潜水艦〈エンタープライズ〉の司令室に副長のよく響く声が鳴り渡った。

「ハルゼー副長、貴官の献身には感服する。君という男がいなければ、本艦は完成しなかったであろうし、ここに到着することもなかった」

海軍大佐ダグラス・マッカーサー二世は仏頂面を崩さずに言った。二世《セカンド》と名乗っているが、伝説の海軍大将マッカーサーの息子ではない。その甥にあたる人物だ。

「オーストラリア海軍へ納入する潜水艦を失敬するのは骨が折れましたよ。ただ、日本とドイツを嫌っている連中は世界中に大勢いますから、父の名さえ出せば協力者には事欠きませんでした」

海軍中佐ウィリアム・ハルゼー三世《サード》は、なおも続けた。彼はホワイトハウスで爆死したハルゼー将軍の実子なのだ。

「それよりも潜水艦乗り《サブマリナー》をよく揃えてくださいました。艦長の叔父上の御威光でしょう。ダグラス・マッカーサー海軍大将がフロリダで艦艇を保全してくれたお陰で、船乗りとしての技術の継承ができたのですから」

「それと、〝沈黙の艦隊〟の父たるルメイ提督の功績も忘れてはいかん。叔父との協和なくして海軍の再生はなかった。我らは物故者の意志を受け継ぎ、復讐を完遂せねばならん」

少しだけ険しい表情を示してからハルゼー三世は言った。

「しかし……本当にやりますか」

「今さら何を迷う。二〇年もの歳月を経て、ようやく巡って来た雪辱の好機ではないか」

「そのためには数百万の非戦闘員を殺さねばなりません。我らは国土を陵辱されましたが、愚かな行為の真似をする必要はないのでは？」

「リベンジを合衆国市民は望んでいるのだ」

「覚悟すべき代償が大きすぎます。日本もすでに戦略反応兵器を多数保有しているのですぞ。ため込んだ大陸間弾道弾《ICBM》は世界を何度も滅ぼせる数。連中は報復攻撃を試みるでしょう」

「報復攻撃だと？　いったいどこを襲うというのかね？　我々は根無し草の〝アメリカ国〟ではないか。核を撃ち込まれる領土など持ってはおらん」

たしかにマッカーサー二世とハルゼー三世は、合衆国海軍の所属軍人ではなかった。

世間一般にはASASと呼ばれる非合法組織に属していたのだ。これはオール・スターズ・オブ・アメリカ・ステイトの略称である。

直訳すれば〝国家アメリカの綺羅星《きらぼし》〟とでもなろうが、一般には単に〝アメリカ国〟と呼称されていた。

そして、日本国内では〝死ね死ね団〟や〝殺戮《メガデス》師団《ディヴィジョン》〟などと呼ばれ、恐怖と嗟嘆《さたん》の対象となっている。

悪名を轟かせたのは昨年一二月八日だ。

連中は皇居内に小型ロケット弾を撃ち込むという暴挙に及び、その存在がにわかにクローズアップされた。

あの一件以降、皇室は段階的にスイスへと移住を始めていた。東京が消滅するような事態が起こったとしても、万世一系の血が途絶える心配だけはないようだ……。

「副長、私には聞こえるのだ。ジャップに殺された人々の声が。仇を討ってくれと泣いているぞ。ここで逡巡すれば、怨嗟は我らに押し寄せよう」

霊感を口走るマッカーサーに、ハルゼーは静かに告げるのだった。

「聞いたのは艦長ではなく、レヤというあの魔女めいた女性なのでは？」

「副長にはかなわないな。たしかにあの女から託宣を頂戴したよ。今回の奇襲は間違いなく成功すると、太鼓判を押してもらったぞ」

「自分のことを時間旅行者《タイムトラベラー》だと語る妖しげな女で

すぞ。本当に未来から来たのなら、過去を修正してもらいたいものですが」

「歴史にＩＦ《もしも》はないさ。我らは未来の歴史を開拓するのみ。未来のアメリカのために！」

　マッカーサー艦長の決意は本物だ。そう判断したハルゼー副長は、ついに観念するのだった。

「よくわかりました。全世界を道連れにするかもしれない修羅の道ですが、どこまでもお伴させていただきます」

「戦争はまだ継続されている。間違いなく続いているのだ。ならば万事オーケーだ。今度はこっちが勝つまで続けてやろうじゃないか」

「イエス・サー！　ただちにレギュラスの発射準備に入ります」

　闇の海に浮上した〈エンタープライズ〉の前甲板には、不格好な水密カプセルが装着されていた。

　その蓋が開くと、中から葉巻状のロケット兵器が姿を現した。

　ＲＧＭ‐６〝レギュラス〟である。

　飛距離一〇〇〇キロを誇る艦対地ミサイルだ。速度は亜音速だが、無線誘導が可能なのが強みであった。

「五……四……三……二……一……発射《ファイア》！」

　胴体尾部に装着された二基のロケットブースターが点火した。主機のターボジェット・エンジンでは初速ゼロからの加速が不可能なため、こうした面倒な方法が用いられているのだ。

　レギュラスは火球のように朱色の光を発しつつ、東の空へと消えていった。

　そして、その弾頭は通常爆薬ではなかった。

　後に〝大釜の七日間〟と呼ばれる地獄の一週間

が、ここに始まったのである。
東京が核の炎で包まれた時、大いなる海は静かに歴史を見つめていた――。
（合衆国本土血戦　了）

RYU NOVELS

合衆国本土血戦②

米国の黄昏

2015年2月6日　初版発行

著　者　吉田《よしだ》親司《ちかし》
発行人　佐藤有美
編集人　渡部　周
発行所　株式会社　経済界
〒105-0001 東京都港区虎ノ門 1-17-1
出版局　出版編集部☎03(3503)1213
出版営業部☎03(3503)1212
ISBN978-4-7667-3217-7　振替　00130-8-160266

印刷・製本／日経印刷株式会社

Printed in Japan

RYU NOVELS

蒼空の覇者1 2	遙 士伸
日布艦隊健在なり	羅門祐人 中岡潤一郎
絶対国防圏攻防戦	林 譲治
大日本帝国最終決戦1〜4	高貫布士
帝国海軍激戦譜1 2	和泉祐司
菊水の艦隊	羅門祐人
皇国の覇戦1〜4	林 譲治
合衆国本土血戦	吉田親司
異史・第三次世界大戦1〜5	羅門祐人 中岡潤一郎
零の栄華1〜3	遙 士伸
列島大戦1〜11	羅門祐人
蒼海の帝国海軍1〜3	林 譲治
亜細亜の曙光1〜3	和泉祐司
大日本帝国欧州激戦1〜5	高貫布士
烈火戦線1〜3	林 譲治
激浪の覇戦1 2	和泉祐司
帝国亜細亜大戦1 2	高貫布人 高嶋規之
連合艦隊回天1〜3	林 譲治
興国大戦1944 1〜3	和泉祐司
真・マリアナ決戦1 2	中岡潤一郎